지수야!
아빠다

지수야! 아빠다

발행일	2022년 4월 18일		
지은이	최경근		
펴낸이	손형국		
펴낸곳	(주)북랩		
편집인	선일영	편집	정두철, 배진용, 김현아, 박준, 장하영
디자인	이현수, 김민하, 안유경, 신혜림	제작	박기성, 황동현, 구성우, 권태련
마케팅	김회란, 박진관		
출판등록	2004. 12. 1(제2012-000051호)		
주소	서울특별시 금천구 가산디지털 1로 168, 우림라이온스밸리 B동 B113~114호, C동 B101호		
홈페이지	www.book.co.kr		
전화번호	(02)2026-5777	팩스	(02)2026-5747

ISBN   979-11-6836-241-3 03810 (종이책)   979-11-6836-242-0 05810 (전자책)

수능을 준비하는 딸에게 보내는 편지

지수야!
아빠다

최경근 지음

"지금 지수가 하고 있는 재수 생활을 지수의 생에 있어서
마중물이라고 생각하면 어떨까?
보다 신선한 새 물을 보다 많은 양으로 얻기 위해서
마중물을 붓고 있다고 생각하면 어떨까?"

 북랩

서문

참 많은 시간을 아이들의 대학 진학 때문에 힘들어하고 두려워했던 것 같다.

아이들이 대학입시 시험을 치른 후 결과를 보고 낙담하여 침울해할 때 속으로는 애간장이 타지만, 겉으로는 내색하지 못하고 "괜찮다. 괜찮아! 다시 시작하면 된다. 아직 시간과 기회는 충분해!"라고 아이들을 추스를 수밖에 없던 그 많은 시간들….

아이 세 명을 키우면서 총 11수를 시켰으니 시킨 나도 어지간하지만 여러 말 않고 재수, 4수, 5수를 하겠다고 덤벼서 했고, 이를 잘 이겨내 준 아이들 또한 대단하다고 칭찬을 하지 않을 수가 없을 것 같다.

그래도 지금은 세 아이 모두 다 각자의 길을 당당히 가고 있으니 아비로서 그저 고맙고 대견할 뿐이다.

처음 큰애 재수를 시킬 때는 여자애라 때 놓기가 겁이 나서 어찌할 바도 몰랐고, 어떻게 위로와 격려를 하고 또 필요시 독려를 해야 할지 몰라서 편지 몇 통 쓰기가 쉽지 않았는데…. 편지도 쓰면 는다고 둘째 애부터는 제법 편지 쓰기도 편해졌고 내 뜻을 쉽게 전할 수가 있었다.

그래서 나의 경험 즉 아이에게 쓴 편지를 책으로 엮어서 내면 나처럼 수험생을 가진 학부모님들, 특히 재수생 또는 N수생을 가진 학부모님들께 약간이라도 위로가 되고 도움이 될까 하는 마음과, 오늘도 대학 입시를 위하여 내 아이들이 했던 것과 마찬가지로 쪼이는 마음을 가다듬고 추스르며 책과 씨름하고 있을 수험생들에게도 작으나마 위로와 격려가 되고 용기와 희망을 줄 수 있게 된다면 더 이상 바랄 게 없겠다.

그리고 편지를 책으로 내겠다고 했을 때, 본인의 프라이버시가 상할 수 있는데도 선뜻 동의해 준 둘째 지수에게 고맙다는 말을 전하고 싶다.

끝으로 내가 아이 셋을 공부시키다 보니 나를 키우고 공부시키면서 속을 태우시며 애끓이셨을 부산의 형님. 형수님께 감사와 존경의 마음을 전해 드리고, 지면으로나마 사랑한다는 말씀을 올리고 싶다.

목차

서문 ✦ 4

첫 번째 편지 ✦ 10

두 번째 편지 ✦ 14

세 번째 편지 ✦ 18

네 번째 편지 ✦ 22

다섯 번째 편지 ✦ 26

여섯 번째 편지 ✦ 30

일곱 번째 편지 ✦ 36

여덟 번째 편지 ✦ 40

아홉 번째 편지 ✦ 44

열 번째 편지 ✦ 49

열한 번째 편지 ✦ 53

열두 번째 편지 ✦ 57

열세 번째 편지 ✦ 62

열네 번째 편지 ✦ 67

열다섯 번째 편지 ✦ 71

열여섯 번째 편지 ✦ 76

열일곱 번째 편지 ✦ 80

열여덟 번째 편지 ✦ 85

열아홉 번째 편지 ✦ 89

스무 번째 편지 ✦ 92

스물한 번째 편지 ✦ 96

스물두 번째 편지 ✦ 99

스물세 번째 편지 ✦ 105

스물네 번째 편지 ✦ 109

스물다섯 번째 편지 ✦ 113

스물여섯 번째 편지 ✦ 116

스물일곱 번째 편지 ✦ 119

스물여덟 번째 편지 ✦ 123

스물아홉 번째 편지 ✦ 126

서른 번째 편지 ✦ 129

서른한 번째 편지 ✦ 132

서른두 번째 편지 ✦ 140

서른세 번째 편지 ✦ 145

서른네 번째 편지 ✦ 150

서른다섯 번째 편지 ✦ 154

서른여섯 번째 편지 ✦ 157

서른일곱 번째 편지 ✦ 160

서른여덟 번째 편지 ✦ 165

서른아홉 번째 편지 ✦ 170

마흔 번째 편지 ✦ 175

마흔한 번째 편지 ✦ 179

마흔두 번째 편지 ✦ 182

마흔세 번째 편지 ✦ 186

마흔네 번째 편지 ✦ 190

마흔다섯 번째 편지 ✦ 193

마흔여섯 번째 편지 ✦ 198

첫 번째 편지

지수야! 아빠다.

널 눈 덮인 양지 메가(양지 메가스터디 기숙학원)에 내려놓고 내려오는 아빠의 마음에 왜 "단디해라!"는 말 한마디 못 하고 왔나 하는 생각에 괜히 '딸에게 마음 하나 제대로 전달하지 못하는 바보구나.' 하며 핸들을 잡고 대구에 왔다. 도착하니 오후 8시 반이더구나.

그렇게 아빠는 토요일을 보내고 다음 날 신년 첫 주 예배를 보러 동부교회를 갔다. 엄마가 허전한지 아빠 곁에 꼭 붙어서 교회를 갔다.

또 어제 주일은 엄마 생일이라 평소 같으면 네 엄마한테 타박을 줬을 건데 날이 날인지라….

내 딸 지수야! 아빠 유독 너에겐 기대가 컸다. 아빠가 하고 싶어도 못했던 걸 너라면 이룰 수 있을 것 같기에… 그래서 네가 방황을 하면 아빠는 더욱 화가 났고, 너한테는 더 화를 냈었던 거야. 그럴 시간이 없다고 생각했기에. 그러기에는 갈 길이 너무나 험하고 힘든 길이란 걸 알기에.

그렇다고 아빠가 너를 사랑하지 않거나 너를 미워한 건 아니다. 아빠의 기대가 컸기에 그랬기에 너한텐 더 강하게 또 심하게 했던 것뿐.

그렇다고 아빠가 그렇게 강하고 심하게 했던 것을 후회하느냐? 아니야 좀 더 강하게 하지 못한 걸 후회하면서 대구에 내려왔으니까. 그만큼 아빠는 지수에게 거는 기대가 크다.

다시 한번 네게 일 년이 채 안 되는 10개월의 시간이 주어졌다. 사람에 따라서는 이 10개월이 1년이 될 수도 있고, 10년이 될 수도 있고, 또 100년이 될 수도 있다.

이 10개월을 어떻게 사느냐에 따라, 지난 5일에 신록 원장님께서 말씀하신 대로 각자의 인생의 출발점이 달라진다. 그러니 이 10개월 동안의 1분 1초는 금과 은 아니 어떤 보석보다도 더 귀한 것이다. 그러니 1분 1초도 허투로 흘려보내서는 안 된다. 필사의 각오로, 의지와 열정을 가지고 체력의 극한까지 가더라도 오로지 내가 할 일은 이 공부뿐이란 사실을 잊지 않고, 최선에 최선을 더하면 그 마지막은 성공의 길과 영광의 열매가 기다리고 있을 것이다.

10개월 후 승리자가 되어 영광의 면류관을 쓰느냐, 또다시 패배의 쓴잔을 삼키며 눈물을 흘리며 원통해 하느냐는 오로지 너의 의지와 열정에 달려 있다. 어느 누구도 네가 하는 그 공부를 대신해 줄 사람은 없다. 오로지 네가 해야 되고 네 스스로가 넘어야 될 산이다.

아빠하고 팔공산 동봉에 올라가 봐서 알겠지만 올라갈 때까지는 참 힘들다. 길을 잃고 왔던 길을 다시 내려가 길을 찾아 다시 올라올 때도 있고, 가파른 길이라 한 시간을 올라왔는데도 얼마 온 것 같지 않을 때도 있고, 또 평탄해서 잘 갈 때도 있고, 어떻든 간에 그 산의 정상까지 가려면 내 발 한발 한발이 옮겨져야 산 정상에 내가 설 수 있듯이, 반드시 내 발이 움직여져야 한다는 사실을 잊지 말아야 한다.

물론 길을 잃어버리면 옆 사람에게 물어도 보고, 힘들면 쉬어도 가고, 또 힘들면 아빠에게나 옆 사람에게 좀 당겨달라거나 밀어달라거나, 또 짐을 좀 들어 달라고는 할 수 있지. 그러나 이처럼 정상이라는 것을 밟은 영광을 누리고, 그 기쁨을 맛보려면 반드시 내가 가야 한다는 것을 명심해야 한다.

10개월 뒤, 아빠는 우리 지수가 승리자가 되어 환하게 웃으면서 아빠에게 달려오리라 믿는다. 열심히 최선을 다해보자.

아빠도 그동안 흐지부지했던 용접기술사를 다시 공부해서 지수가 승리의 백마를 타고 올 때 아빠도 화답을 할 수 있도록 하마. 그리고 회사의 목표로 잡아놓은 2013년 매출 500억원을 기필코 달성하마.

우리 서로 부끄럽지 않게 승리자가 되기 위해 힘을 내자.

자! 우리 지수! 아자아자 파이팅!

2013년 1월 7일에
대구에서 아빠가

두 번째 편지

지수야! 아빠다.

양지 메가에 내려놓고 온 지 벌써 5일이 지났구나. 짧은 거 같지만 절대 짧지 않은 시간이었다.

드는 사람은 몰라도 나는 사람은 안다고 하더니만 네가 없는 집이 영 허전하더구나. 자다가 이놈들 제대로 이불이나 덮고 자나 싶어 너희들 방을 지나가노라면, 텅 빈 네 방이 왠지 휑하니 여겨지고… 그래서인지 네 언니는 거의 매일 진웅이 방에 가서 진웅이하고 같이 잔다.

지수야! 무엇이든 처음이 중요하다. 처음을 어떤 마음가짐으로 임하느냐에 따라 결과가 엄청 달라질 수 있다. 그래서 옛말에 '첫 단추를 잘 꿰어야 한다.'는 말이 있잖아.

군에 가면 사열이라는 것을 하는데, 가장 기본이 부동자세로 줄서기다. 근데 맨 앞의 사람이 줄을 서면서 1도를 삐딱하게 서면 뒷사람은 그 앞사람의 뒤통수를 보고 서고, 또 그 뒷사람은 그 앞사람의 뒤통수를 보고 서고 하기 때문에, 맨 뒤의 사람은 엄청난 거리를 삐딱하게 서 있는 결과가 나오게 된다. 이처럼 처음의 시작이 굉장히 중요하다.

'나중에 보고 고치면 되지.'라고 말하는 사람들이 있는데 그건 잘못 알고 있는 거야. 사람의 심리란 간사하기도 하고 무섭기도 해서, 한번 길들여지면 관성의 법칙에 의해서 그걸 못 벗어나게 자꾸 잡아당기고, 해서 그것을 벗어나려면 엄청난 압박과 괴로움을 동반해야 한다. 그래도 고쳐질까 말까 하고….

그러니까 처음에 너를 극한의 고독 속에 공부란 울타리로 가두면 너의 앞날에 성공과 승리란 영광의 열매를 얻을 수가 있지만, 그 고독과 울타리가 싫어서 여기저기 친구들과 얘기도 하고 시간을 허비하면, 결국은 얻는 게 없이 그냥 그냥의 재수 생활로 끝이 난다. 공부란 어차피 너 자신과의 인내의 싸움이고 끈기의 싸움이다.

항상 머릿속에는 열정으로 가득 채워져 있어야 하고, 눈은

책에서 떼지 않아야 하며, 마음으로는 승리와 성공의 면류관을 쓰고 환희에 찬 네 모습과 온 가족이 기뻐하는 모습을 그리고 상상하면서 하루하루를 싸워 이겨야 하는 것이다.

아빠가 늘 이야기해 왔듯이 세상에 공짜는 없다. 성공과 승리의 단맛을 보기 위해서는 반드시 내가 하고 싶은 것, 즉 인간의 가장 근원적인 욕구, 게을러지고 싶고, 눕고 싶고, 자고 싶고, 놀고 싶고, 보고 싶고, 여기저기 참가하고 싶고 하는 그 모든 것을 철저하게 포기해야 한다.

그만큼 어려운 게 성공의 길이고 승리자의 삶이다. 승리자 중 어느 누구도 자신의 욕구와 욕망을 갈무리하지 않고 얻은 자는 아무도 없다. 과학자가 그렇고 운동선수가 그렇고….

올림픽에서 금메달을 딴 사람들을 봐. 그 한여름에 땀을 비같이 흘리면서 훈련하고 또 훈련하고, 그것도 모자라 야간에도 훈련하고, 그러면서 집에 갈 수가 있나 오로지 선수촌에서 4년을 꼬박 땀을 흘려도 금메달을 딸똥말똥. 그러니 금메달을 따고 나면 다들 울잖아. 너무 기뻐서 그동안의 고생이 헛되지 않고 보람이었다고.

지수야 우리도 10개월 후에는 승리의, 성공의 눈물을 마음껏 흘려보자. 그러기 위해서 오늘의 외로움과 힘듦은 인내와 끈기로 이겨내자. 우리 지수 잘할 수 있지?!

자! 힘내자. 우리 지수 파이팅!

2013년 1월 11일에
대구에서 아빠가

세 번째 편지

최지수! 아빠다.

편지 머리글에 세 번째라고 쓰니까 좀 이상하지?

아빠도 우리 딸이 언제 인내와 끈기를 요구하는 재수 생활을 끝내고, 아빠 품으로 돌아오려나 생각하니 너무 먼 것 같아서 아빠가 5일에 한번씩 지수에게 편지를 쓴다고 보고, 약 60번만 쓰면 되니까 그걸 Count하면서 너하고 같이 인내하면서 끈기 있게 견뎌볼 요량으로 순서를 매겨봤다.

지난 토요일 네 전화를 받고 그나마 네 목소리가 밝아서 안심을 했다. 힘들고 외로운 길인 줄 알지만 현재로서는 네가 가야 할 길이니, 마음을 강하게 먹고 흔들리지 말고 두려워하거나 불안해하지 마라.

항상 아빠가 멀리서나마 응원을 하고 있을 것이며, 또 우리에게는 무엇보다도 강하고 담대하게 우리의 마음을 붙드시는 여호와 하나님께서 뒤를 받치고 계시니까, 천하의 어떤 것도 이겨낼 수가 있다.

하나님께서 아브라함을 75세에 갈대아 우르에서 불러내시어 가나안 땅으로 인도하시며 말씀하시기를 "너로 큰 민족을 이루고 네게 복을 주어 네 이름을 창대케 하리니 너는 복의 근원이 될지라." 하신 말씀대로 우리는 하나님께서 복을 주시기로 약속된 사람들이기에, 또 복의 근원이 될 사람들이기에, 가고자 하고 하고자 하면 이루지 못하고 얻지 못할 것이 하나도 없다.

다 우리가 하지 않고 가지 않고 지레 겁을 먹고 용기를 내지 못하고, 애당초 포기를 하거나 중도에 가다 말기 때문에 얻지 못하고 갖지를 못하는 거야.

아빠가 좋아한다는 여호수아서 1장을 보면 이스라엘 민족이 모세의 인도로 출애굽을 한 뒤에 광야 생활 40년을 하고 가나안 땅으로 들어가려고 하는데, 지금까지 이스라엘 민족을 이끌고 온 모세가 하나님의 명으로 가나안 땅에 못 들어가게 되었다. 모세라는 엄청난 지도자가 없는 이스라엘 민족. 공황 상태의 이스라엘 민족.

그때 하나님께서 여호수아에게 "일어나 요단을 건너가라. 그러면 약속한 바대로 너희 발바닥으로 밟는 곳은 내가 다 너희에게 주겠노니⋯." 하시고, 이어서 "너의 평생에 너를 능히 당할 자가 없으리니 내가 모세와 함께 있었던 것같이 너와 함께 있을 것임이라." 하셨다.

그래서 여호수아는 이스라엘 민족을 이끌고 요단을 건넜고, 하나님께서는 이스라엘 민족에게 가나안 땅을 정복해 이스라엘 민족의 터전을 마련할 수 있도록 약속을 지키신 분이다. 그러므로 우리는 우리 스스로 가지를 않고 포기하거나 흔들려서는 안 된다.

오늘 아침 아침의 명상집을 보니까 제목이 "성공을 꿈꾸라." 인데 그 세부항목이

1) 마음속에 성공한 모습을 그려라.

2) 자신의 능력에 대해 긍정적으로 생각하라.

3) 상상 속의 장애물을 제거하라.

4) 확신이 있다고 외쳐라.

5) 자신의 능력을 100% 더 높게 평가하라.

라고 되어 있더구나. 오늘의 현실이 힘들고 지치더라도 앞의

내용대로 자신의 성공한 모습을 그리면서 마음속의 부정적인 그늘을 지우고, 확신에 차서 나아가면 자신의 능력이 100~200% 상승할 수 있는 거야.

항상 적은 멀리 있는 것이 아니고, 내 마음속에 웅크리고 있는 경우가 많다. 이를 어떻게 슬기롭게 제거하고 Control을 하느냐가 관건인 셈이지.

아빠는 우리 지수가 적어도 스스로를 제어하고, 보다 나은 길을 가는데 어영부영하거나 흐지부지하지는 않으리라 생각한다. 열매는 고생 뒤에 먹어야 맛이 있는 거야. 한여름에 땀을 한없이 흘리고 시원한 물 한잔이 꿀맛보다 더 단 것처럼….

힘을 내고 이제 시작하는 걸음 차곡차곡 쌓아가자. 승리의 그 날, 영광의 그 날을 위하여.

자! 우리 지수 파이팅!

2013년 1월 14일
대구에서 아빠가

네 번째 편지

최지수! 아빠다.

지수가 양메로 간 지 14일이 되는구나. 한 달의 절반이 지나갔다. 지수가 양메에서 큰 뜻을 이루고 아빠 품으로 돌아오기까지를 10달로 보면 그중의 1/20이 지나간 셈이지. 그 나름의 첫 단추였으니 잘했고 앞으로도 잘할 거라 아빠는 믿는다.

그저께 아빠가 천안에 있는 삼성전자 관련 회사에 볼일이 있어 출장을 갔었는데, 그곳은 아직 눈이 녹지 않고 그대로 있더구나. 날씨도 대구와는 달리 꽤 추웠고.

건강은 괜찮지? 무엇을 하더라도 건강은 챙겨야 한다. 큰 꿈과 뜻도 건강을 지키는 가운데 이루어야지, 건강을 잃고 이루면 그 모든 게 의미 없는 일이야.

의사가 돼서 세계의 곳곳을 다니며 봉사활동을 하겠다는 사람이 본인은 맨날 골골하면서 병원 신세를 지며, 약으로 몸을 지탱한다면 그 사람에게 봉사란 게 무슨 의미가 있겠어? 매사에 건강이 최고니까 감기라도 걸리지 않게 주의하고.

추운데 옷이라도 제대로 입고 다니는지? 늘 걱정이구나. 폼 잡는다고 옷 얇게 입고 떨고 다니지 마라. 공부할 때 폼과 멋에 신경 쓰면 주업인 공부는 멀어지게 된다. 뜨뜻하게 입고 건강하고 튼튼하게 열공에 열공을 더하여 승리의 날을 위하여 일 보, 일 보 앞으로 앞으로 나아가는 거야.

2013년 올해는 아빠 회사의 일이 엄청 많아질 것 같다. 이미 예상되는 물량이 올 상반기를 넘어 하반기까지 넘어갈 추세를 보이는 상태이고, 또 일본에서도 많은 물량을 발주해 주겠다고 소식들을 주고 있다.

아직 투자 발표를 하지 않은 삼성의 물량은 포함하지 않은 것임에도 이러하니… 아마 올해 아빠 회사는 매출 500억원을 넘기는 것은 쉽지 않을까 생각한다. 해서 아빠의 한쪽 목표는 순항을 하고 있다. 오히려 목표인 매출 500억원을 넘기면 어쩌나 하는 즐거운 고민을 하면서….

그리고 용접기술사 시험은 1차가 8월에 있는데 4~5년 책을 안 보다가 보려니 생 몸살이 나네. 다 공부에도 시기와 때가 있는 법인데….

아빠가 기술사 공부를 한참 할 때 같았으면 공부에도 가속도가 붙어서 하기가 쉬울 건데, 쉬다가 책을 보니 진웅이 말대로 책이 수면제인지 잠만 자꾸 오네. 해서 아빠 사무실에다 책을 갖다 놓고 틈만 나면 보고 있다. 지수가 공부하는 만큼이야 하겠냐마는 그래도 아빠도 뒤처지지 않기 위해서 나름 열심히 할 거다.

그래도 아빠는 용접기술사 외에 기존에 가지고 있는 기계제작기술사와 산업기계기술사가 있기 때문에, 어느 정도 속도가 붙고 거기에다 가속도까지 더해지면 엄청난 결과를 낼 수 있다. 더하여 아빠는 아빠 나름대로 체질에 맞는 공부방법을 가지고 있기 때문에, 누구도 예상을 할 수 없는 결과를 얻을 수 있다는 사실을 알아야 할 거야.

지수도 열심히 해야 할 거야. 아빠는 쉬는 것같이 하지만 열심을 낼 때는 잠 안 자고 열심을 내니까. 아빠가 지수에게 지지 않으려고 최선을 다하고 있다는 사실을 명심하고….

그리고 무엇보다 너 자신의 꿈을 위해서. 내일의 꿈은 오늘의 피와 땀, 그리고 의지와 끈기, 더하여 열정이 있어야 이루어진다. 오늘의 고통과 아픔이 없이는 절대로 꿈을 이룰 수 없다. 인고의 세월이 있어야 영광의 날도 있는 거지.

최선에 최선을 더하고, 열정에 열정을 더하고, 굳건한 의지에 의지를 더하여, 땀과 땀으로 하루에 하루를 더하는 끈기를 가지고 투지를 불사르면, 반드시 영광의 날을 맞을 것이며 최고 영예의 전당에 우뚝 서게 될 것이다. 최지수!

2013년 1월 19일 토요일
대한을 하루 앞둔 날에 대구에서 아빠가

다섯 번째 편지

최지수! 아빠다.

오늘 아침 오래간만에 6시에 일어나서 헬스장에 가서 운동하고, 구미공장으로 가는데 얼마나 졸리던지 혼났다. 이번 겨울이 유독 추워서 게으름을 피웠더니 습관화가 되지 않아서 그런 모양이야.

사람의 몸이란 이렇게 간사한 거야. 서면 앉고 싶고, 앉으면 눕고 싶고, 누우면 잠자고 싶고, 잠자면 달콤한 꿈 꾸고 싶고….

어제 네 엄마한테서 네 전화가 왔는데 진동으로 되어 있어서 전화를 못 받았다며 전화가 왔었다. 해서 아빠가 애가 모처럼 전화를 했는데 그것도 안 받고 뭐 했냐고 타박을 줬더니, 전화기가 고장이 나서 제멋대로 진동 모드로 갔다가 벨 모드로 갔다가 한다네. 그리고 약국에서 손님들하고 면담 중에는 전화 소리도 잘 안 들리고, 전화를 받기도 어렵다고 했다. 그래서 더 시비도 못 걸고 학원에 전화해서 "상황이 이러저러하니 가능하면 아빠에게 전화하라고 하세요." 했더니 네게서 전화가 왔네.

목소리에 이상이 없어서 다행이다. 지난번에도 이야기했지만, 일단은 몸이 안 아파야 한다. 그래야 모든 걸 감당해 낼 수 있는 거야. 공부도, 꿈도. 우선은 건강이 있어야 공부도 할 수 있고, 꿈도 꿀 수 있는 거야.

요즈음 아빠가 회사에 출근해서 노트북을 켜면 먼저 아빠 회사 Group-ware에 들어가서 밤새 회사에 무슨 소식이 없나를 살펴보고, 그다음은 원/엔 환율 및 원/달러 환율을 보고, 다음은 양지 메가에 가서 우리 딸내미 사진 있나 없나 살피고, 또 그다음에는 아빠 관련 회사의 주가 동향 살피고… 이게 아빠 하루 일과의 시작이다.

근데 네가 간 지 보름이 넘었는데도 네 사진이 한 장도 안 올라오는 거야. 속으론 '야가 일부러 카메라를 피해 다니나?'라고 생각을 했다가, 또 '그래 모진 마음 먹고 공부할 때는 카메라 같은 데 신경 쓰면 안 되지.' 하는 긍정적인 생각을 했다가, '그래도 자슥 어째 지내는지 옆 얼굴이라도 한번 보여주지.' 하는 섭섭한 마음도 가졌다가 그랬지.

　근데 너하고 통화를 하고 나니까 의문이 풀리네. 지난주 주일 예배시간에 들은 성경 말씀이 "네가 하나님 여호와의 말씀을 듣고 명하는 모든 명령을 듣고 행하면 여호와께서 너를 세계 모든 민족 위에 뛰어나게 하실 것이라⋯(중략) 또 네가 들어와도 복을 받을 것이며, 나가도 복을 받을 것이라⋯(중략) 그리고 여호와께서 너로 머리가 되고 꼬리가 되지 않게 하시며, 위에만 있고 아래에 있지 않게 하시리니⋯(중략) 그러니 너희는 명하는 그 말씀을 떠나 좌로나 우로나 치우치니 아니하고 다른 신을 따라 섬기지 아니하면⋯."(신명기 28장 1절~14절) 하나님께선 우리에게 이처럼 확실한 약속을 주셨다.

　좌로나 우로나 치우치지 말고 하나님 말씀 안에서 열심을 더하고, 인내를 더하고, 열정을 더하면 결코 너희를 위에 있게 하지 아래에 있게 하지 않겠다고, 더하여 들어와도 복을 받고 나와도 복을 받는 그런 사람이 되게 해 주겠다고, 우리는 이처럼 하나님께 약속을 받은 사람이다. 그러니 두려워하거나 낙담하거나 염려할 필요가 전혀 없는 것이다.

매초에 매초를 더하고, 매시에 매시를 더하고, 하루에 하루를 더하고, 한 주에 한 주를 더하여 최선을 다하고, 열정을 다하면 하나님의 보증 수표를 손에 쥔 우리는 승리와 영광의 면류관을 쓸 일만 남은 거야.

열 달을 영광의 그 날만 생각하며 오늘을 충실히 살자. 그러면 반드시 승리와 영광의 그 날은 지수를 위하여 팡파레를 울리며 기다리고 있을 거야.

자! 이번 주도 힘을 내자. 파이팅! 우리 지수!

2013년 1월 23일
대구에서 아빠가

여섯 번째 편지

우리 지수에게

우리 지수! 잘 지내고 있지? 벌써 2주가 지나고 3주를 채워가고 있구나. 지수가 양지에 간지 20여일 아빠는 한 달 이상이 된 것 같은데… 지수의 참새 같은 조잘댐이 없으니까 영 집 분위기가 아니올시다.

엄마 꼬리뼈는 거의 아문 듯… 어젯밤에 볼링을 치러 갔었는데 엄마가 한 게임을 다 치고 나더니, 꼬리뼈 아파서 못 치겠다고 해서 쉬고, 쉬면서 핸드폰으로 카메라질만 잔뜩 하더라.

어제 아빠 대 여진이+진웅이 해서 게임비 내기를 했는데 아빠가 이겼다. 근데 결국은 아빠가 게임비 냈다. 상당히 불공평한 처사라고 Complain 했더니 다음 달 용돈에서 빼란다. 나쁜

놈들. 게임비는 현찰 박치기로 해야 되는 거구만, 지갑 안 가지고 왔다는 핑계로….

어찌 됐건 이젠 적응되었지? 그리고 그동안 지수가 얼마나 마음 느긋하게 또 편한 자세로 공부해 왔는지 알겠지? 이 말 하면 최지수 싫어하는 줄 알지만, 분명히 하나님께서는 지수를 이 땅에 보내신 목적이 있으실 거야.

지수가 천성적으로 목소리가 좋았으면 가수 내지는 음악치료사 등으로, 또 그림을 잘 그리면 그림으로, 그리고 운동을 잘하면 운동으로, 뭇 사람들에게 희망과 꿈을 전해주는 소명을 주셨겠지.

그런데 하필이면 예술적인 재능과 스포츠에 대한 능력이라고는 그저 일상 생활하기에 딱 맞을 정도의 아빠 엄마 밑에서 지수를 태어나게 하신 데는 하나님 나름대로 복안과 계산이 있으시지 않으셨을까?

아빠도 너희들한테 말은 안 했지만, 너희 나이 때 상당히 많은 고민을 했다.

"하필이면 시골에서 그것도 아무런 경제력이 없는 아버지 어머니 밑에서, 하물며 형님께 등록금 받아 공부할 수밖에 없는 처지가 한심스럽기도 하고… 친구들은 전과나 수련장을 사 보는데 그저 교과서 하나 달랑 가지고 공부를 해야 하니… 이래 가지고 뭐가 되겠노?" 하는 생각을 수없이 했다.

그러나 하나님께서는 아빠에게 시골 출신들이 대체로 가지고 있는, '될 때까지 한다.'는 인내심과 끈기를 가질 수 있게끔 해 주시었고, 할아버지 할머니가 아빠를 늦게 낳으시긴 했지만, 건강한 몸과 그래도 남들보다 나쁘지 않은 머리를 물려주시었기에, 비록 돈 같은 것은 없었고 남들보다 잘 먹지는 못했지만, "공부만큼은 하니까 남들보다 낫더라." 하는 자신감을 얻게 되었고, "그거 하나만큼은 반드시 앞설 거다."란 마음으로 악착같이 매달렸다. 해서 아빠는 지금도 다른 건 몰라도 머리로 시간 때워서 하는 것은 자신 있다.

내 사랑하는 딸 지수야! 우리 지수에게 하나님께서 주신 소명이 무엇일까 또 지수의 소망이 무엇일까를 곰곰이 생각해 보자.

아빠도 고등학교 졸업 즈음에, 대입 원서를 쓰고 다닐 때는 의사가 되고 싶었다. 하지만 아빠는 중학교 졸업 때 정한 공업계 고등학교를 졸업한 게 족쇄가 되어 애당초 접어야 했다.

그리고 아빠가 대학을 다닐 때, 그러니까 한참 신앙에 미쳐 있을 때는 목사가 그렇게 되고 싶었다. 그러다 아빠가 기도하면서 나름 정리를 해 보았다. 왜 하필이면 시골에 태어나게 해서, 그것도 찢어지게 가난한 집에 태어나게 해서, 공고를 선택할 수밖에 없는 상황을 만드셔서, 공대를 진학하게 하시고… 왜 이렇게 몰고 가실까?

그렇게 깊이 있게 생각을 해보니, 하나님께서 계획하시는 바가 희미하게나마 보이고, 그제야 아빠는 목사가 되고자 하는 꿈을 접었다. 그리고 아빠의 전공 분야인 기계공학에 완전히 전념을 할 수 있었다.

아빠는 요즈음 요셉의 꿈을 꾸고 있다. 창세기 맨 마지막에 나오는 족장 시대 야곱의 열 번째 아들 요셉에 대한 얘기로… 앞부분은 제하고, 요셉이 애굽에서 왕의 꿈을 해몽하고, 애굽의 총리가 되어 믿는 자든 믿지 않는 자든 애굽에 있는 모든 족속들이, 더불어 이스라엘의 족속까지 7년 풍년에 모은 곡식으로 7년 흉년을 넘길 수 있도록 하여, 이스라엘 족속과 이방인인 애굽의 모든 족속들이 하나님을 경외하게 됨과 같이, 아빠가 지금 대표로 있는 이 회사를 잘 경영하여 회사 내의 모든 사람들이 믿든 믿지 않던 하나님을 알게 되고, 이로 인하여 그들이 구원의 끈을 잡으려고 하는 생각이라도 할 수 있다면 좋지 않을까? 하는 꿈!

어때 아빠의 소명이 또 소망이 이 정도면 족하지 않겠어? 그래서 아빠는 시간이 날 때마다 꼭 이루게 해 달라고 묵상하며 기도하곤 한다.

지수야! 꿈은 나의 미래이기도 하지만 나와 하나님과의 약속이다. 나의 미래를 하나님께서는 거창하게 만들어 놓으셨는데 내가 지레 기죽어서 "나는 요 정도밖에 안 돼." 하면 하나님께서는 "그래 나는 줄 게 많은데 너의 밥그릇 크기가 그 정도이니 더 줄 게 없겠다." 하시고 포기하신다.

하지만 꿈을 크게 가지고 노력하며 원대하게 하나님께 요구하면 "원래 쟤는 줄 것이 요것밖에 안 되었는데, 워낙 바라는 게 많고 저가 그만큼 노력을 하니 앞에 '나는 요것밖에 안 돼.' 하고 포기한 애 몫까지 얹어주면 되겠구나." 하고 덤으로 더 얹어 주신다.

그래서 성경 말씀에 "믿음은 바라는 것의 실상이요." 하고 적혀 있잖아. 우리 지수의 소명과 소망이 하나님 보시기에 흡족하시고 충분하기를 아빠는 바라마지 않는다. 그 소망을 위해 우리 지수가 열심을 내는 모습을 아빠는 그려보면서 이만 줄일까 한다.

이번 설날에 오지 못한다고 들었다. 부산의 큰아빠, 큰엄마께 충분히 설명하고, 지수가 인사 올리더라고 안부 전해 놓으마.

2013년 1월 26일
큰 소망을 품은 우리 지수에게 대구에서 아빠가

일곱 번째 편지

최지수! 아빠다.

날씨가 다시 추워졌구나. 그러나 오늘 낮부터는 풀린다고 하고 이후로는 예년의 기온을 유지한다고 하니까 그나마 다행이다.

어제 아빠는 지수가 마음이 많이 약해진 것 같다는 엄마의 말에 적잖이 실망하지 않을 수가 없었다. 그렇게 지수가 유약했나? 하는 생각도 많이 했고… 누구보다 원했던 재수고 누구보다 강하게 잘할 거라 생각했는데….

사람의 꿈이란 수시로 바뀔 수가 있다. 그러나 한번 정한 목표를 나의 조건, 나의 형편에 의거해서 또 나의 순간의 안일과 편함을 위해서 그 꿈을 수시로 바꾸고 정정하면, 그 사람은 본연의 꿈을 위해서 사는 게 아니기에 자기의 편한 대로 꿈을 바꾸는 바람과 같은 인생을 살아갈 뿐이다.

내가 정한 꿈! 내가 이루기 위해서 내 몸이 부서져서 가루가 되어도 해내고야 말겠다는 강한 의지와 열정, 강한 집념과 끈기가 있어야 한다. 더하여 체력. 그리고 해내고야 말겠다는 투지가 가슴에서부터 이글거려 두 눈에 핏발이 설 정도의 처절함과 간절함이 있어야 그 꿈은 마침내 이루어진다. 그냥 "하하 호호" 해서는 절대 이루어지지 않는 게 꿈이고 영광인 것이다.

옆에서 이 친구가 이러한 말을 하니 이렇게 흔들리고, 저렇게 말하니 그것도 그러한 것 같아서 솔깃해지고, 이러면 아무것도 안 된다. 옆에서 누가 뭐라든 나는 내 갈 길 간다. 그리고 어떠한 난관이라도 몸으로 부딪혀 뚫고 나간다고 생각하고, 모질고 독하게 마음먹고 행동 또한 그렇게 해야 이루어진다. 어려운 문제도 모질게 마음먹고 덤비면 그 또한 넘지 못할 것은 아니다. 힘들고 어려우니까 지레 겁먹고 요것보다 좀 쉬운 데로 가면 안 될까 하는 유약한 마음을 가지면, 그것이 바로 내 앞길을 흐리게 하고 내 꿈을 흐지부지하게 만드는 천적인 게야.

적은 항상 내 속에 있지 남에게 있는 것이 아니다. 특히 혼자서 해 나가야 하는 일에는 더욱 그러하다. 수시로 밀려오는 두려움. 무언가에 의한 압박감. 왠지 모르는 아쉬움. 그리고 알아주지 않을 거 같은 고독감. 더불어 비교되는 나약함. 또 나의 무능에 대한 좌절과 상실감. 해도 안 될 거 같은 무력감. 그러한 것이 자꾸 밀려오면 왠지 피하고 싶고 도망가고 싶은 게 사람의 기본 심성이다.

그러나 그러한 것을 떨쳐내고 이겨내야 승리와 영광의 축배를 들 수가 있는 거야. 이를 이기기 위해서는 멀리 볼 필요가 없다. 오늘! 지금 이 순간! 내가 내 목표를 위해서 최선을 다하고 열정을 다하며 투지를 태우고 불을 뿜고 있는가? 지금 현재 집념이 활화산이 되어 펄펄 끓고 있는가? 있다면 지수는 반드시 승리와 영광의 축배를 들 수 있을 거다.

그렇지 않고 매 순간 흔들리고 왠지 자신감이 떨어지면, 빨리 마음을 가다듬고 하루하루에 충실할 수 있도록 해야 할 것이다. 가장 중요한 것은 매일매일의 충실과 충성도이다. 그래서 Step by Step이 중요하고, Day by Day가 중요한 것이다. 그 한 걸음 한 걸음이 합쳐져서 십 리가 되고, 백 리가 되고, 천 리가 되듯이 하루하루가 모여서 10일이 되고, 100일이 되고, 1000일이 되는 게야. 잘 알겠지!

오늘 하루도 열심에 열심을 더하고, 열정에 열정을 더하고, 땀에 땀을 더하여, 목표를 위해 한발 한발 다가가는 우리 지수를 생각하며 대구에서 아빠가 응원을 보내며 이만 줄인다.

2013년 1월 28일에
대구에서 아빠가

여덟 번째 편지

최지수! 아빠다.

송구영신 예배를 보고 2013년의 첫날을 맞은 지가 엊그제 같은데 벌써 1월 한 달이란 시간이 훌쩍 지나가고 만다. 혹자는 일일이 여삼추라 해서 시간의 더디 감을 표하더라 만은 어쩐지 아빠가 보기엔 세월 유수란 말이 더 실감 나게 와닿는다.

이렇게 한 달을 쉬이 보내면 두 달 세 달도 쉬이 보낼 것이고, 그러다 보면 1년 또한 쉬이 보내버릴 것 같기에 더더욱 간 시간이 안타깝고 아쉬울 뿐이다.

하루의 일 분 일 초도 아껴서 회사와 나의 발전과 성장을 위해서 노력하고 또 노력해도 앞으로의 전진보다 현상유지 하기가 급급한데, 시간은 기다려주지 않고 제 주어진 궤도를 전혀 벗어

남이 없이 쉬지도 않고 저 좋을 대로 가고 있으니….

지수야! 10달 중에 1달이 훌쩍 지나갔다. 외면상으로는 아무 변화 없이… 단지 지수가 대구에 있느냐 양지에 있느냐를 빼고 나면 아무런 차이가 없는 것처럼.

또 하루하루 지수가 꿈을 위해 최선을 다하고 있는지, 아니면 공부를 해야 하니까 라는 무의식적 의무감 때문에 책만 들고 있는지의 차는 결과론적으로는 엄청난 차이를 내지만, 외관상 보기에는 별반 차이가 없는 것처럼 그냥 한 달이 흘러갔다. 과연 지난 한 달 동안 무엇을 했을까? 그냥 단순히 수능 공부? 아니면 내 목표를 위해 열정을 가지고 최선을 다한 공부와의 전쟁. 아빠는 우리 지수가 후자 쪽이었기를 바란다.

양지에 지수가 유람을 가 있는 것도 아니고, 유배를 가 있는 것도 아니다. 한번 실패한 꿈을 위해 재도전하기 위해서 가 있는 거지. 그러면 분명한 목표의식을 가지고 내가 이기느냐, 공부가 이기느냐를 시험하기 위해서 피와 땀이 범벅이 되더라도 죽을 각오로 공부와의 전쟁을 치러야 할 것이다.

해서 기어이 성공과 영광의 열매를 내 손에 쥐고 말겠다는 처절함과 간절함으로 몸부림치고 울부짖어야 할 것이다. 내 가슴에 있는 뜨거운 피가 용솟음치고, 사해 팔방이 전부 내 발아래 있고 내가 가고자 하면 거칠 것이 없고, 내가 하고자 하면 막을 것이 없는… 나를 위한 초석을 지금 양지에서 눈물로 쌓고 있다고 생각하면, 지금의 내가 비록 남의 눈에는 초라하게 보일지 모르지만 내 가슴속에는 큰 꿈이 웅크리고 있고, 그 꿈의 날개를 펴기 위해서 지금은 인내하고 연단을 하고 있다고 생각하면, 지금 양지에서 생활하고 있는 지수의 하루하루가 보람이고, 공부하는 그 순간순간이 영광을 위한 바탕이 되는 기쁨으로 바뀔 수 있을 것이다.

꿈을 성취하기 위해서는 누구든 시련과 고통의 터널을 통과해야 한다. 그 시련과 고통을 슬기롭게 과감하게 인내와 끈기로써 이겨내는 사람은 성공의 길로 가는 것이고, 그 시련과 고통을 좌절과 낭패의 길로 이끌고 피해 갈려고 몸부림치면 패배의 길로 가는 것이다.

매사에 긍정적인 사고를 가지라는 것은 결국 시련과 고통 그리고 고독을 스스로 은근과 끈기를 가지고, 내 생각을 어두운 곳에서 밝은 곳으로 이끌어 내는 것이다.

내 마음속에 나 자신에 대한 회의, 무력감 등을 용감히 떨쳐

내고 나는 무조건 할 수 있고, 내가 못하면 세상천지의 어느 누구도 할 수가 없다는 자신감과 용기를 가지는 것. 그것이 승리자의 마인드고 긍정적인 사고다.

우리 지수! 올 한해 긍정적인 사고와 승리자의 마인드를 가지고, 반드시 그리될 수밖에 없었다는 확신을 가지고, 하루하루 지수의 꿈을 위하여 나아가고 세상에 거칠 것이 없는 사람이 되자.

아자! 아자! 파이팅!

2013년 1월 31일
대구에서 아빠가

아홉 번째 편지

최지수! 아빠다.

벌써 9번째의 편지를 쓰는구나. 2월도 엊그제 시작한 것 같은데 벌써 5일이 저물고 있고. 어제가 입춘이었다. 이제 겨울도 다 간 거지. 제아무리 겨울이 혹독하다 해도 인내하면서 견디면 반드시 봄은 오게 되어 있는 법. 올해는 겨울이 유난히 추웠기에 다가오는 봄은 여느 해와 달리 모든 사람들에게 더 따뜻하고 향기로운 봄이 되리라 본다.

우리 지수도 지금은 어둡고 추운 겨울인 재수 생활을 하고 있지만, 그 재수 생활을 힘든 가운데서도 알차고 야무지게 은근과 끈기로 최선을 다해서 이겨내면, 어느 누구보다도 황홀하고 아름다운 봄의 축제를 즐길 수 있는 때가 올 것이다.

지수야! 공부는 자신감이다. 모든 것이 그러하지만 그 무엇보다도 자신감이 있어야 한다. 물론 자신감이 있으려면 모든 것에 확신이 있어야 한다. 그리고 그 확신을 가지려면 부단히 노력하고 부단히 채워 나가야 하고… 염려라는 건 쓰레기통에 버려도 된다. 특히 우리 같은 크리스천에겐 더더욱 염려라는 게 필요 없다. 왜? 하나님께서 보증을 써주시기 때문에….

신명기에 보면 "주께서 40년 동안 너희를 인도하여 광야를 통행케 하셨거니와 너희 몸의 옷이 낡지 아니하였고 너희 발의 신이 해어지지 아니하였으며…"라는 말씀이 있다. 하나님께서 이스라엘 민족을 훈련시키기 위해서 광야를 40년 동안이나 데리고 다니셨는데, 그들이 입은 옷과 신은 신발이 40년 동안이나 낡지 않고 해어지지 아니했다는 것이다. 이 얼마나 엄청난 일이냐? 1년도 아니고, 4년도 아니고, 40년 동안이나! 이게 무슨 루이비통이나 샤넬이나 구찌 같은 명품도 아니고… 이 정도로 하나님께서는 우리를 지켜 주신다.

그리고 하나님께서는 자신감이 없는 사람에게 또한 단호하시기도 하다. 민수기 13장을 보면 모세가 이스라엘 민족을 이끌고 가나안 땅으로 나아가는 중 가네스바데아에 이른 때에 이스라엘 12지파에서 각각 1명씩의 정탐꾼을 차출하여 정탐하러 보내는데, 40일 동안 가나안 땅을 정탐하고 돌아온 이 사람들이 이스라엘 민족과 모세에게 보고하기를 가나안 땅이 참으로 기름지고 젖과 꿀이 흐르는 땅이기는 하나, 그곳에는 아낙 자손이라는 장대한 족속이 살고 있어서 우리보다 너무나 강하기에 우리는 감히 상대가 되지 않고, 여기에서 죽는 수 밖에 없다고 보고한다. 그러나 그중 갈렙과 모세의 종자인 여호수아 두 사람만은 우리가 하나님과 같이하므로 능히 이길 수 있다고 했다.

그러자 이스라엘 민족이 모세와 하나님을 원망하면서 우리를 애굽에 살게 놔두지 괜히 젖과 꿀이 흐르는 땅에 데려다 준다 하여, 우리를 애굽 땅에서도 죽지 못하고, 광야에서도 죽지 못하고, 저 무지한 아낙 자손의 칼에 죽게 하느냐고 원망하면서 차라리 애굽으로 돌아가자고 한다.

그러자 하나님께서는 이스라엘 민족에게 벌을 내리시는데, 자신감을 가지고 하나님께서 같이하므로 능히 아낙 자손인 저들을 이기고도 남음이 있다고 한 갈렙과 여호수아를 제외한 10명의 정탐꾼은 그 자리에서 죽게 하시고, 이스라엘 민족에게 너희가 정탐한 날을 년으로 바꾸어 너희가 40년 동안을 광야에서 방황하는 자가 될 것이며, 갈렙과 여호수아를 제외한 20세 이상의 사람과 하나님을 원망한 사람은 단 한 사람도 가나안 땅을 밟지 못할 것이라 하신다.

실제 지도를 보면 이스라엘 민족이 홍해를 건너서 하나님의 말씀을 믿고 자신감을 가지고 나아갔으면, 가나안 땅까지 가는 데에는 40일의 반 정도밖에 걸리지 않는다. 근데 이스라엘 민족은 자기의 하나님을 믿지 못했고, 그랬기에 자신감이 없었던 것이다.

그랬기에 안 해도 될 광야 생활을 40년이나 하고 결국은 젖과 꿀이 흐르는 가나안 땅을 가보지도 못하고, 다 광야에서 죽고 20세 이하인 그들의 후손만이 온전한 하나님의 백성이 되어 가나안 땅을 밟게 되는 것이다.

그러나 하나님을 믿고 자신 있게 우리는 충분히 가나안 땅을 점령할 수 있다고 한 갈렙과 여호수아는 가나안 땅에 들어가며 그 기업을 가나안 땅에 두게 된다.

그러니 지수야! "천지에 능치 못할 것이 없는 나의 하나님! 내가 지금은 재수의 힘든 골짜기를 걷지만 하나님께서 나의 등불이 되시고 지킴이가 되어 주시기에 힘을 얻습니다. 나 비록 연약하고 나약하지만 나의 하나님께서 언덕이 되시고, 갑옷이 되시고 방패가 되시며 창검이 되시는 것을 믿기에, 의기를 드높이고 꼿꼿이 세워 열정에 열정을 더하고 땀에 땀을 더할 것이오니, 믿는 자 능치 못함이 없다는 그 말씀 이루게 하소서 아멘." 하고 지수가 나아가면 반드시 반드시 하나님께서는 네 꿈을 이루어 주실 것이다.

지수야! 자신감을 가지자! 갈렙과 여호수아처럼. 주위 어느 누가 부정적인 말을 하더라도 나는 내 뒤에 나의 하나님이 보디가드가 되어, 나를 눈동자같이 지키시며 항상 보살피고 계신다는 걸 굳게 믿고.

2013년 2월 5일
대구에서 아빠가

열 번째 편지

최지수! 아빠다.

지수가 왔다 간 지 벌써 5일이 지났구나. 일주일이 이렇게 빠르구나. 엊그제가 2월 초였던 것 같은데 벌써 중순을 넘기고 있으며 3월을 코앞에 두고 있다.

이제 그 추웠던 겨울 동장군도 보름 남짓이면 봄기운 앞에 눈 녹듯이 무장해제를 당하겠지. 이럴 때 감기에 걸리지 않도록 해야 한다.

사람의 몸도 마음과 마찬가지로 긴장이 풀어지고, 약간 주의가 느슨해지면 탈이 나고 아프기가 쉬운 법이다. 항상 건강을 유의해야 한다. 무엇을 하든지 건강해야 자신의 할 일을 강하게 할수 있다.

지수야! 실패는 누구든지 할 수 있다. 그러나 그 실패를 거울로 삼고 다시금 힘을 내서 가시밭길을 용기있게 앞으로 가느냐 아니면 좌절하고 주저앉아서 편한 길을 가느냐는 본인의 결정과 의지에 따라 결정이 된다.

아주 사소한 결정인 것 같고 그 당시에는 편한 길을 선택한 걸 잘했다고 할 수도 있다. 그러나 최종적으로 그 결과점에서 보면 차이는 말 그대로 하늘과 땅 차이가 나게 된다.

다시 한번 가시밭길인 줄 알면서 용기를 내서 앞으로 간 사람은 자기가 하고자 한 꿈을 이루어 있을 가능성에 100%에 근접할 수가 있지만, 좌절하고 나는 안 되는 모양이다 하고 편한 길을 간 사람은 자기의 꿈과는 전혀 다른 방향으로 가고 있을 것이고, 그렇기에 계속 자기의 갈 방향을 잃고 이쪽으로 저쪽으로 갈피를 못 잡고 방황을 하게 되는 것이다.

거의 대부분의 사람이 전자이기보다는 후자의 길을 걸어가는 경우가 많은데, 그러다 보니 뭇 사람들이 세상은 대충 둥글게 사는 게 좋다면서 자기 합리화를 한다.

지수야! 인생이란 배로 항해를 한다고 보면, 분명한 목표를 가지고 키를 잡고 출발을 해도 중간에 큰 파도나 태풍을 만나면 방향이 틀어지거나 길을 잃어, 다시 정상 항로로 돌아오는 데 상당한 시간이 걸리게 되어 일정이 다소 지연되기도 한다.

그러나 분명히 목표지에 도착을 한다. 하지만 분명한 목표도 중간에 상실해버리고 키를 놓아버리면, 그 배는 방향을 잃고 방황을 하다가 어찌어찌 밀려 밀려 육지에는 도착하겠지만 목표지와는 전혀 다른 곳에 도착할 수도 있고, 아니면 바다 위에만 뱅뱅 돌다가 산호초나 무인도에 좌초되어 버리고 마는 신세가 되어버린다.

따라서 사람에겐 분명한 목표가 있어야 한다. 해서 어떠한 파도와 태풍이 와도 견디고 뚫고 지나간다는 각오를 굳건히 하고, 다부지게 밀어붙여야 꿈꾸어 왔던 목표지에 정상적으로 도착을 할 수가 있다. 어영부영 어찌 되겠지 하는 안일한 마음으로는 절대 성취할 수 없다.

아빠가 늘 말했지만 세상에 공짜는 없다. 반드시 그에 상응한 댓가를 치루어야 내가 얻고자 하는 바를 이룰 수가 있고, 내가 가고자 하는 길을 갈 수가 있는 것이다. "운이 좋아서…" 그런 것은 없다. 부단히 무척이나 힘들고 힘들게 노력을 했는데 안 잡힐 듯하던 꿈이나 소원이 이루어졌을 때 우리는 운이 좋았다고 하는데, 이는 이미 본인이 부단히 무척이나 힘들고 힘들게 노력을 했기 때문인 거야. 그러니까 운이 좋아서 그리된 것이 아니란 이야기지.

오늘은 토요일이다. 할아버지 기일이기도 하고. 해서 아빠는 진웅이하고 부산의 큰집에 추도 예배드리러 간다. 언니도 가자고 했더니 학원 가야 되고, 공부한다 해서 진웅이하고 둘이서 가기로 했다. 가면 또 지수 이야기가 나오겠지.

그러면 큰아버지 큰엄마께는 지수가 마음먹고 열심히 하노라고 말씀드릴게. 열심히 하고 하루하루 한 주 한 주가 지금 지수에게는 천금 같은 시간이라는 걸 잊지 말고, 일 분 일 초를 아껴 꿈을 향하여 키를 굳건히 쥐고 나아가자.

영광의 그 날! 승리의 그 날을 위하여!

2013년 2월 16일
대구에서 아빠가

열한 번째 편지

지수야! 아빠다.

엊그제 엄마에게 정규반으로 편성이 되었다는 이야기를 들었다. Ge반이 면학 분위기가 잡힌 반이면 좋겠다마는… 다들 쓴맛을 한 번 보고 새로 시작한다는 각오로 학원에 들어왔을 테니 남다르게 열심히들 하겠지.

아빠가 이번 주에는 무척이나 바빴다. 다음 주는 수요일부터 일본 출장을 갈 계획이다. 아빠 회사에 40억원을 투자하여 E.P라는 공정을 할 수 있는 공장을 지을 예정이다.

지금도 아빠 회사가 진공 Chamber를 제작하는 회사로는 한국 내에서는 제일 크지만, 고객들에게 보다 양질의 제품을 공급하기 위해서, 또 좀 더 많은 고객을 확보하고 시장을 선도해 나가기 위해서, 타사가 생각하기도 전에 과감하게 선행투자를 함으로써 확실한 경쟁 우위를 점하기 위해서다.

그래서 작년부터 아무도 모르게 시장 조사를 하고 투자 금액을 산정했는데, 다행히 일본의 한 업체가 기술 전수를 해 주겠다고 해서 가계약하러 간다.

지수야! 공부도 그렇다. 지금 내가 공부를 엄청 잘하는 것 같고 매번 치르는 시험마다 1등급을 받는다고 하더라도 꾸준히 유지하려고 노력을 하지 않고, 남다르게 앞서가려고 스스로 몸부림치고 노력하지 않는다면 이내 곤두박질쳐서 끝없는 바닥을 향해 떨어지게 된다.

해서 공부라는 게 힘이 드는 거야. 나만 공부하는 게 아니니까. 눈만 돌리면 바로 내 옆의 친구가 언제 나를 앞질러 내가 가고자 하는 고지를, 목표를 향해 가고 있으니까. 한눈팔 겨를도 없고 쉴 겨를도 없는 거지. 그러니 장기전이고 체력전이고 은근과 끈기를 요구하는 끝없는 나와의 싸움인게지, 쉬고 싶고, 포기하고 싶고, 쉽게 가고, 싶고 옆에 있는 친구 보면 설렁설렁하는데도 잘하는 것 같은데, 나는 해도 해도 잘 안 되는 것 같고 자꾸 처지는 것 같고… 근데 알고 보면 그게 나아가는 중인 거야.

회의가 올 때 그걸 슬기롭게 이겨내면 그때부터 추진력을 받아 앞으로 쭉 나아가는 거지. 작년에 아빠 회사는 너도 알다시피 일이 별로 없었다. 아빠가 영업을 위해서 일본도 가 보고, 국내의 디스플레이 장비업체는 거의 다 연락을 해 봤는데도 경기가 나아질 기미가 보이질 않더라고.

그래서 아빠는 올해를 위해서 영업선을 공고히 해두고, 앞으로 고객이 아빠 회사를 찾을 수밖에 없도록 하려면 어떻게 해야 할까를 고민하다가, E.P공정을 아빠 회사에서 자체적으로 하면 진공 Chamber를 일괄체제로 생산할 수 있고, 납기 단축 및 원가 절감의 두 마리 토끼를 동시에 잡을 수 있겠기에 과감하게 투자를 하기로 한 거지.

아마 지수가 재수 생활을 끝내고 의대를 간다고 할 때면 아빠 회사도 확실한 국내 진공 Chamber 제작업체로서 1위 자리를 견고히 할 수 있을 것이다.

그러면 LG, 삼성에서 만드는 LCD, OLED TV는 아빠 회사에서 만든 진공 Chamber를 모두 거친 제품이 되는 셈이지. 즉 세계 1등 제품이라는 삼성과 LG의 TV가 삼성과 LG의 로고를 달고 세계에서 팔리지만 실상 그 TV를 만드는 장비의 가장 중요한 진공 Chamber는 아빠 회사에서 만들어진 것이란 말이지.

어때 괜찮지 않아? 이만하면 자부심을 가질 만하지 않겠어?

지수야! 항상 내일을 생각하고 오늘은 최선을 다해야 한다. 젊어 하루는 늙어 10년을 좌우한다고 한다. 그만큼 젊은 날에 미래를 위해 투자를 많이 했느냐에 따라 그 사람의 삶이 성공적이었느냐 아니면 실패냐가 정해진다.

내년 이맘때는 지수와 아빠가 좋은 결과물을 들고 크게 한 번 웃을 수 있도록 하자. 모든 사람들이 부러워하도록.

자! 우리 지수 파이팅!

2013년 2월 22일에
대구에서 아빠가

열두 번째 편지

최지수! 아빠다.

최지수. 그저께가 2월 마지막 밤이고 해서, 일본에서 아빠가 편지를 썼는데 인터넷이 네게 전송을 하자 끊어져 버리는 거라. 그래서 편지의 내용도 사라져 버리고 해서 못 부쳤다. 섭섭하데.

특히 아빠처럼 독수리 타법을 쓰는 사람에게는 엄청난 노력이 들어가야 편지 한 장이 써지는데 한낱 인터넷 때문에… 농락당한 거 같기도 하고, 그렇다고 죄 없는 노트북에다가 화풀이할 수도 없고, 해서 한국에 가서 편지를 쓰라는 모양이다 하고 그만뒀다. 다시 쓸려니까 시간도 시간이지만 또 날아가 버리면 그 또한 에너지 낭비니까.

아빠가 일본에 간 일은 잘되었다. 일본 업체에서 기술 전수의 약속도 받았고, 기술 이전비도 충분히 Nego를 해서 아빠 회사의 부담이 최소화되도록 했고. 아빠 회사의 회장님께서도 흡족해하셨고.

덕분에 네 엄마가 버버리 가방을(면세점 구입가 150만원 상당) 선물로 받았다. 일은 아빠가 하고 선물은 네 엄마가 받고 이건 좀 아닌 것 같은데, 그래도 어떻게 해. 우리 가족이 받는 건데 아무나 받으면 되지.

지수야! 벌써 3월이다. 이달이 가면 1년의 1/4이 휙 지나가고 없는 거야. 지수에게는 더더욱 아까운 게 시간일 텐데….

요즈음 여진이 언니도 열심이다. PEET시험을 어떻게 하든 빨리 되고 놀려고 안간힘을 쓴다. 밤 열 시까지 학원에서 공부하고 집에서 또 공부하고… 대학 가고 여직 집에서 공부하는 모습을 못 봤는데, 우리 집에 해가 거꾸로 뜨려고 하는지 요즘은 하네.

문제는 네 동생 진웅이다. 상당히 반항적이고, 매사에 불만투성이고. 제 방은 돼지가 친구로 삼고 가기도 겁날 정도로 어질러 놓고. 옛날에는 지수 네가 거쳐 간 자리가 전부 폭탄 맞은 것처럼 아수라장이더니… 그래도 넌 일부 지역 지역이 그랬는데 진웅이는 이건 뭐 따로 자리가 없다. 그냥 온 방이 전쟁터 그 자체라고 할까? 아빠가 발 디디고 들어갈 틈이 없다.

방 치우라 하면 "예." 하고 난 뒤 10분 있다 다 치웠다 하는데 이게 치운 건지 아직 전쟁 중인 건지? 도저히 구분이 안 된다. 그래서 아빠가 꽥 소리를 지르고 다시 확인해 보면 그래도 그게 그거다. 무서운 중 2라 하더만 아빠가 미치겠다.

그래도 학원은 안 빼먹고 꼬박꼬박 잘 간다. 그런 거 보면 아직 착한 거 같기는 하고. 네 엄마하고 숙제 안 해간다고 싸워싸서 그렇지….

어쨌건 지수야! 벌써 3월이니 이제 얼마 안 남았다. 이제 8개월 정도. 240여 일정도. 하루하루를 최선을 다하고 일 초 일 분을 아껴야 한다. 남들 쉬는 시간도 네게는 중요한 시간이고 화장실 가는 시간, 밥 먹는 시간, 씻는 시간, 어느 하나 허투루 흘려보내서는 안 된다.

최대의 성과를 올리기 위해서는 매시 매초를 이끼고 아껴서 네가 가고자 하는 목표에 방향을 맞추고 무조건 돌격 앞으로 하는 수밖에 없다. 뒤돌아보고 이만큼 왔네 하고 여유 부릴 시간이 없다. 뒤돌아볼 시간이 있으면 어떻게 하면 한 발자국이라도 앞으로 더 갈까 그걸 고민하고 생각하는 게 현명한 거다.

분명히 다시 한번 이야기하지만 세상에 공짜는 없다. 그리고 하나님께서도 "행동이 없는 기도는 죽은 기도다."라 하셨고, 여호수아에게도 "네가 밟는 땅을 네게 주겠다." 하셨지 "밟지 않은 땅을 네게 주마."라고는 하지 않으셨다. 반드시 우리 힘으로 밟고 지나가야 한다.

시편 90편에 보면 모세가 하나님께 "우리를 곤고케 하신 날 수 대로와 우리의 화를 당한 연수대로 우리를 기쁘게 하소서." 라고 되어있다. 이를 의역해 보면 우리가 힘들어하고 괴로워하고 화를 당한 만큼 우리가 기쁨을 누릴 수 있다는 것이다.

지수의 지금 힘든 것 나중에 다 보상을 받기 위한 보험이야. 지금 힘든 만큼 노력하고 애쓴 만큼 하나님께서는 다 주실 거다. 그러니 지금의 이 수고와 힘듦을 힘들다 하지 말고 즐겁게 하자. 이왕 하는 게 즐겁고 신나게 해야지. 그래야 능률도 오르고 힘도 나고, 또 자신감도 생기고.

지수야! 3월 한 달 이제 시작이니까 즐거운 마음으로 힘을 내고 신나게 공부하자. 아빠도 지수와 같이 즐거운 마음으로 힘을 내서 신나게 일하마.

자 그럼 3월도 즐겁고 신나게 열심에 열심을 더하자. 목표에 이르는 그 날까지, 성공의 면류관을 쓰는 그 날까지. 파이팅!

2013년 3월 2일
대구에서 아빠가

열세 번째 편지

최지수! 아빠다.

지수야! 아빠가 내일과 모레는 회사에 일본 손님이 오는 관계로 네게 편지를 쓰기가 곤란할 것 같아서 미리 편지를 쓴다.

지난 토요일 아빠가 편지를 쓰고 난 뒤 집에 가니까 엄마가 지수가 힘이 없이 힘들어하는 것 같다고 하기에 "내가 편지를 썼는데?" 하니 엄마가 "아직 못 받아서 그러나?" 하더구나.

지수야! 사람이 살다 보면 힘들 때도 있고 어려울 때도 있다. 또 세상천지 나만큼 외롭고 불행하고 불운하고 서글픈 사람이 없는 듯한 때도 있다. 그러나 이 모든 것은 본인의 마음에서 나오는 것이다. 성경의 잠언 16장에 보면 "마음의 경영은 사람에게 있어도 말의 응답은 여호와께로서 나느니라."라고 되어 있다

이는 모든 사람이 느끼는 희로애락은 사람이 제 스스로 마음을 어디에 두느냐에 따라 생기는 것이란 이야기지. 스스로 마음을 기쁨 속에 두면 기쁨에 차는 것이고, 스스로를 슬픔 속에 가두면 한없이 슬픔에 빠진다는 것이지. 그러나 입으로 말하는 것의 성취는 여호와 하나님께서 결정을 하신다는 것이야.

그러면 지수가 하나님이라고 생각을 해보자. 지켜보는 아이가 매사에 긍정적이고 적극적이며 무엇을 하든지 즐거운 마음으로 열정적으로 공부하는 아이의 편을 들어줄 것인지? 아니면 매사에 부정적이며 수동적이고 항상 어두운 표정으로 무기력하게 의무감으로 공부하는 아이의 편을 들어줄 것인지? 물어보나 마나 공평한 자라면 전자의 아이의 편을 들어줄 수밖에 없을 거야. 아빠 생각이지만 하나님께서도 매한가지이실 거야. 그래서 하나님께서 말의 응답은 하나님께서 각자의 하는 행동과 믿음을 보시고 응답을 해주신다는 것이지.

지수야! 공부든 세상을 살아가는 것이든 자기 자신에 대한 자존감이 있어야 한다. 나 스스로에 대한 자부심. 나는 무엇이든 하면 내가 노력하면 노력한 만큼 또는 그 이상은 반드시 이루어진다는 나에 대한 믿음. 그게 진짜 중요하다.

하나님께서 여호수아에게 "내가 모세에게 말한 바와 같이 무릇 너희 발바닥으로 밟는 곳은 내가 다 너희에게 주었노니…." 그 말씀대로 내가 하고자 하면 하나님께서 내 방패가 되시고 창검이 되어서 반드시 이루어 주신다는 확고한 믿음. 내가 다소 흔들리더라도 이내 내가 마음을 잡고 나아가면 반드시 이루어지고 이루어내고 만다는 의지. 그게 나에 대한 나 스스로의 신뢰고 믿음이며 나에 대한 자부심이며 자존감이지.

나에 대한 신뢰와 믿음이 없으면 무엇을 믿고 무엇을 의지하고 공부를 하며 세상을 힘껏 뚫고 가겠나? 모든 힘은 나에 대한 자부심과 믿음과 신뢰를 바탕으로 이루어지는 거야.

그리고 또 한 가지는 자신감이 있어야 한다. 자신감은 자존감과 비슷하지만 조금은 차이가 있다. 자신감이란 내가 그 일에 대해서 잘 알 때 생기는 힘이지. 자신감을 가지려면 그 일에 대해서 누구보다도 잘 알아야 한다. 그래서 자신감을 가지기 위해서는 누구보다도 그 일에 대해서 열심이 필요하고, 열정이 필요하고, 노력과 피와 땀이 필요한 것이지.

아빠가 늘 노래처럼 이야기하지만 "세상에 공짜는 절대 없다." 자신감도 본인이 노력하지 않고, 해보지도 않고, 전혀 모르는 것을 잘 아는 것처럼 덤비면, 그건 자신감이 아니고 만용이 되는 것이지. 자신감이란 내가 확실히 알고 확신하는 곳에 있을 때 그 일에 대처하는 당당한 모습 그게 자신감인 거야.

지금 지수도 그 자신감을 가지기 위해서 즉 확실한 곳에, 확신하는 곳에 서기 위해서 열심히 또 열정을 가지고, 은근과 끈기로 노력에 노력을 더하고, 힘에 힘을 더하여 내일의 영광을 위하여 나아가고 있는 거지.

그러니 지수야! 너 스스로에 대한 자부심. 너에 대한 스스로의 믿음과 신뢰, 즉 네 자존감 위에 더하여 자신감을 얹어 최상의 결과를 얻기 위해 노력을 아끼지 말자.

분명히 네가 발바닥으로 밟는 곳은 주시겠다고 약속하셨으니 그것만 믿고 열심히 가는 거야. 남이야 바보라 하든지, 미련 곰탱이라 하든지, 무슨 말을 하든지 거기에 신경 쓰지 말고 누가 뭐래도 '나는 내 갈 길 간다. 나는 누가 뭐래도 이루어내고야 말 것이며, 난 분명히 할 수 있다.' 그런 강한 자부심과 지수 본인에 대한 믿음과 신뢰를 가지고, 오늘도 한 걸음 한 걸음 뚜벅이처럼 뚜벅뚜벅 힘차게 걸어가는 거야. 그러면 반드시 승리의 트로피는 지수의 손에 쥐이게 될 테니까.

자! 우리 지수! 파이팅!

2013년 3월 5일
대구에서 아빠가

열네 번째 편지

최지수! 아빠다.

지수야! 3월도 어느덧 중순이다. 오늘 대구의 기온은 24도로써 초여름의 기온을 나타내고 있다. 지난겨울이 유난히도 춥더니 여름도 빨리 오고 더울려고 하는지….

아빠 지난주 무척이나 바빴다. 6~7일은 일본 손님 대응하느라 정신이 없었고, 어제는 새로운 고객인 성남에 있는 LIG-ADP라는 회사를 방문하고 오느라 그랬고….

지수야! 이제 봄의 한가운데로 가는 것 같다. 이러다 뜨거운 여름이 오고 가을이 지나가고 나면, 또다시 삭풍이 불고 추위와 싸우게 되는 겨울이 오게 되는 거지. 그러면 준비가 안 된 사람들은 이 추위를 어떻게 이겨내느냐 고민하고 오만 오두방정을 떨게 되는 거야.

하지만 준비가 잘된 사람은 지난봄에 씨를 충분히 뿌리고, 한여름의 뙤약볕에서 얼굴이 검게 타도록 김을 매고 약을 치고 수고와 땀을 아끼지 않았기에, 가을에 충분히 곡식과 열매를 거두어 창고에 넉넉히 채워 넣어두어 겨울이 두렵지 않고, 오히려 느긋함을 가지고 안식을 취할 수가 있는 거야.

지금 지수가 하고 있는 공부도 마찬가지야. 지금 열심을 내고 땀과 수고를 아끼지 않으면 종국에 영광의 열매를 성공의 면류관을 쓰겠지만, 지금 게으르고 싶은 대로 게으름을 피우고 나태를 친구 삼으면 차디찬 냉방에서 입김을 내며 서러움만 토해내게 될 거야.

엊그제 성경 말씀을 보니 야곱이 형인 에서를 피해서 하란 땅으로 내려가는 도중에 돌베개를 베고 잠을 잘 때, 하나님께서 야곱에게 주신 말씀이 "내가 너와 함께 있어 네가 어디로 가든지 너를 지키며 너를 이끌어 이 땅으로 돌아오게 할지라. 내가 네게 허락한 것을 다 이루기까지 너를 떠나지 아니하리라 하신지라."라는 말씀이 있었다.

지수도 마찬가지 하나님께서 선택하신 사람이니 어디서 무엇을 하든지, 어디에 있든지, 하나님께서 다 헤아리시며 보살필 것이므로 다른 것은 염려하지 말고, 오로지 내가 어떻게 해야 하나님께서 보시기에 아름답고 충성된 모습이며 하나님께서 보시기에 흡족하실 것인지만을 생각하자.

하나님께서는 언제나 게으르고 나태하고 자신만을 생각하는 사람을 옳게 보시지는 않는다. 항상 부지런하며 남을 생각하고 무엇을 하든 하나님을 기준삼아 나아가고자 하는 자를 예뻐하시고 즐거워하실 것이다.

그러려면 우리는 더욱더 부지런해야 하고, 행여나 내가 나태해지려고 하지 않나 되짚어 보면서 나태의 함정에 걸리지 않도록 최선을 다해야 할 것이다.

아빠 회사는 요즈음 무척이나 바쁘다. 상반기 물량을 거의 다 채웠는데도 고객사에서 자꾸 일감을 몰아다 주고 있다. 새로운 고객사도 늘고 있고, 일본에서도 지금부터 일을 같이 해보자고 하고 있고, 미국의 Applied Material이라는 곳에서도 같이 협력해서 일을 해보자고 하고.

지난 한 해 동안 지연되었던 일들이 한꺼번에 몰려 나와서 그런지? 그동안 아빠 회사가 투자를 선행해온 게 맞아 떨어진 건지? 어쨌건 아빠도 열심히 할 거다. 해서 올해 목표로 잡은 매출 500억원 달성을 기필코 넘길 것이야.

그러니 지수도 열심을 내자. 그리고 힘을 내자. 그래서 기필코 목표한 의대를 가고, 해서 훌륭한 의료 선교자가 되자.

그때까지 아빠가 최대한의 버팀목이 되어주마.

자! 우리 지수! 파이팅!

2013년 3월 9일
대구에서 아빠가

열다섯 번째 편지

최지수! 아빠다.

요즈음 날씨가 제 맘대로네. 아침저녁으로는 얼음 냉탕이다가 낮에는 온탕이 되고, 기온이 뒤죽박죽일 때는 무엇보다 건강에 유의해야 한다. 무슨 일을 하든 건강이 받침이 되어야 할 수 있는 법이니까.

지난 토요일에 양지 메가의 네 담임과 전화 통화를 했었다. 네 근황도 궁금하고 또 네가 잘 적응하고, 아빠 말처럼 최선을 다하고 있는지 아니면 아직도 적응을 못 하고 흔들리고 있는지 궁금하기도 하고 해서.

선생님께서 "나름 적응을 하려고는 하는데 마음대로 잘 안되는지 아직 열정적이지는 못한 것 같습니다."라고 하시더구나.

내심 '지수가 아빠가 생각하는 강단 있는 지수와는 사뭇 다르구나.'라고 생각했다.

아빠는 우리 지수가 맺고 끊음이 확실해서 안 될 것은 미련 없이 포기하여 던져버리고, 과감하게 새로운 돌파구를 찾으려고 최선을 다하는 스타일인 줄 알았는데. 그래서 용감하게 새로운 도전에 맞대응하고 있는 줄 알고, 상당히 고무적으로 생각하고 있고, 또 당연히 그럴 수밖에 없을 것이라 여겼는데. 그래서 아빠는 항상 네게 용기를 더하여 주기만 하면 된다 생각하고 편지를 썼는데… 생각보다 네 마음이 여릴 줄은 생각을 못 했구나. 하지만 지수야! 이왕에 시작한 것 열정적으로 최선을 다해야 한다.

옛날 중세 유럽에 한 성당을 짓고 있는 현장에서 일어난 일이다. 성당 짓는 일을 총괄하는 신부가 일을 하고 있는 한 석공에게 말을 걸며 물었다. "당신은 왜 여기서 열심히 일을 하오?" 하니까 그 석공이 하는 말이 "어쩌겠소. 목구멍이 포도청이라. 집에 가면 애들은 밥 달라 하지. 마누라는 돈 벌어오라 하지. 안 할 수 있어요? 이거라도 해야 식구들하고 먹고 살 거 아뇨?" 하고 별 싱거운 사람 다 있다는 듯하고는 다시 일을 시작했다.

그러나 그 신부는 아랑곳하지 않고 건너편에 또 똑같은 일을 하고 있는 다른 석공에게 가서 똑같이 "당신은 왜 여기서 열심히 일을 하오?" 하니까 그 다른 석공이 하는 말이 "뭐 집에 있어 봐야 별달리 할 일도 없고, 여기서 이렇게 일하면 돈도 벌고 하니하니까…." 하면서 귀찮은 듯이 쳐다보고는 하는 일을 계속 하더란다.

그 말을 듣고 그 신부가 하늘을 한번 보고, 또 다른 한 켠을 보니까 뙤약볕 밑에서 열심히 땀을 뻘뻘 흘려가면서 돌을 다듬고 있는 석공이 보이더란다. 그래서 그 신부가 그 사람에게 가서 다시 "당신은 왜 여기서 땀을 뻘뻘 흘리면서 일을 하오?" 하니까 그 사람이 한다는 말이 "당신이 보기에는 내가 일을 하는 것 같이 보이오? 당신 눈에는 내가 일을 하는 것같이 보일지는 모르지만 난 지금 예술 작품을 만들고 있는 중이오. 후세 사람들이 다 우러러볼 그런 작품을 만들고 있는 중이란 말이오." 하더란다. 그래서 그 신부가 맨 나중의 그 사람을 석공의 책임자로 삼아서 그 성당을 다 지었다고 한다.

지수야! 그 신부가 왜 그랬을까? 사람이 일하는 마음가짐에 따라서 그 일의 결과가 천양지차가 난다. 처음의 석공은 간절하긴 하되 그 자체에 간절한 게 아니고, 목적은 따로 있었기에 신부가 원하는 성당이 지어질 수 없다는 것을 신부가 알아차렸던 거고,

두 번째는 간절하고 절박한 것도 없고 그저 남이 하니까 나도 가만있을 수 없어서 따라 하는 것이기에, 그냥 성당의 모습은 갖추어질지는 모르지만 흉내만 내고 말 것이기에 책임을 맡길 수 없었던 것이고.

세 번째는 자기 본연의 일에 열정적이고 혼신을 다하고 있고 또 미래에 어떤 평가를 받기를 원하는 꿈이 있음을 보았기에, 신부는 확신을 하고 그 석공에게 책임을 맡길 수 있었던 거지. 아빠가 오래전 어떤 책에서 읽었던 이야기다. 아마 그 석공이 바로 그 유명한 미켈란젤로였을 거야.

지수야! 그런 거야. 매사에 자기 자신에게 열정적이고 최선을 다하는 사람. 나의 일에 있어서는 무한 긍정적이고 적극적인 사람. 자신이 하고 있는 일에 자부심과 자신감이 가득 찬 사람. 어떠한 난관이 닥쳐도 굴하지 않고 뚫고 나가는 사람. 어떤 일에 실패보다는 항상 성공을 생각하는 사람. 어제의 미련보다는 내일의 꿈을 생각하며 오늘을 충실히 사는 사람. 그런 사람이 승리자가 된다.

그러기 위해서 지수야 이번 주도 힘을 내자. 그리고 앞의 모든 것을 충족시키는 사람이 되자.

파이팅!

2013년 3월 12일

대구에서 아빠가

열여섯 번째 편지

최지수! 아빠다.

지수야! 대구에는 개나리가 피고 목련이 꽃봉오리를 열었다. 조금 있으면 벚꽃이 흐드러지게 피어 봄의 한가운데를 지나가겠지. 네가 있는 양지 메가의 뒷산에도 진달래가 흐드러지게 피어 공부하는 너희를 더욱 힘들게 할 것이고.

하지만 지수야. 그러한 유혹을 이겨내야 제대로 공부를 할 수가 있다. 공부든 일이든 제대로 하려고 하면 제 본인에게는 잔인하다 싶을 정도로 스스로를 혹독하게 대해야 된다.

아침에 일어나는 것부터 저녁에 잠잘 때까지 한시도 게으름과 타협을 못 하게 해야 되고, 나태해지고 싶은 마음을 수시로 다 잡으면서 하루하루 최선을 다할 수 있게끔 얽어매지 않으면 절대 성공할 수가 없다.

계획을 잡는 게 중요한 게 아니고 그 계획 속에 내 몸을 집어넣는 거야. 다들 계획은 거창하게 잘 잡는다. 그러나 그 계획에 내 몸을 집어넣어서 그 계획대로 내 몸이 움직여지도록은 잘 못한다. 그러니 안 되는 거야. 계획을 잡으면 무슨 수를 쓰든 내 몸이 그 계획에 의해 움직이도록 맞추어야 한다. 그래야 소기의 성과를 얻을 수 있다.

마음만 조급해서 우선 성적이 이만큼 나와야 하는데 왜 안 나오지? 지금은 이 정도가 되야 6월, 9월, 11월 제대로 성적이 나올 텐데 하는 마음만 앞서고, 이래서 이 학원이 내게는 안 맞는 게 아냐? 이런 게 아니고, 내가 과연 지금 처음에 세운 내 계획에 맞게끔 가느냐? 그것부터 점검해야 된다.

그래야 내가 왜 틀리는지? 아니면 내 계획이 잘못되어 일부 수정을 해야 되는지를 파악하고, 수정해서 바로 잡을 수가 있어야 한다. 그렇지 않으면 끝까지 방황하다가 재수 생활을 끝내는 수가 있다. 절대로 네 마음이 흔들리면 안 된다. 그리고 절대 조급해하지도 말고.

옛날 이야기 하나 해줄게. 중국 산동성의 어느 곳에 寓公이라는 사람이 있었다. 이 사람이 사는 동네 앞에 큰 산이 있어서, 그 동네 사람은 큰 동네를 가서 생필품 등을 사오려면, 그 산을 돌아 돌아가야 하기 때문에 몇 날 며칠이 걸리더란다.

그렇게 다들 적응해서 살고 있는데 이 寓公이라는 사람만은 도저히 그게 용납이 안 되더란다. 그래서 이 寓公이 산을 없애기로 하고 하루에 지게로 한 지게씩 파서 산을 허물고 있었단다. 근데 이 산이란 게 손바닥만 한 게 아니잖아? 그리고 더욱이 이 흙을 파서 버리고자 하는 바다는 동네로부터 한 달을 가야 있었단다.

그래서 동네 사람들이 그 寓公에게 "寓公! 자네 심정이야 잘 알지만 그 산이 작은 것도 아니고, 자네가 아무리 해도 자네 평생에 없앨 수 있는 산이 아니니 그만두게." 하고 말렸단다.

그러니까 그 우공이 하는 말이 "만약 내가 다 못 옮기면 내 아들이 할 것이고, 내 아들이 못 다하면 내 손자가 할 것이고, 그도 안 되면 손자의 아들이 그도 안 되면 손자의 아들의 아들이 또 그 아들의 아들이 또 그 아들의 아들의 아들이… 이렇게 하면 언젠가는 이 산은 없어질 거야." 그러더란다.

이런 이야기를 들은 산신령이 가만히 보니까 이러다가는 바다에 산신령이 산과 함께 수장되게 생겼거든. 그래서 급히 산신령 회의를 열고 "저 寓公이란 자가 저렇듯 의지가 굳으니 우리가 산을 옮기는 게 낫지 않겠소." 해서 밤새 산을 바닷가로 옮겼단다. 그래서 생긴 말이 寓公移山이다. 즉, 우공이 산을 옮겼다는 말이다.

공부도 그런 것이다. 급히 뭔가를 이루려면 되지 않는다.

그러한 공부는 또 쉽게 잊혀지고 몸으로 하는 공부, 굳세게 은근과 끈기 인내와 의지로 하는 공부, 그게 진짜 공부고 진짜 실력이다. 진정한 공부 실력은 쌓기가 힘들어서 그렇지 쌓고 나면 흔들리지 않는 게 공부 실력이다. 요령이나 잔재주로 성적이 순간 잘 나오는 것은 진정한 공부 실력이라고 할 수 없다. 은근과 끈기! 인내와 의지! 그리고 땀과 열정으로 쌓아진 공부 실력이야말로 진짜 공부 실력이다.

힘내라! 이제 3월도 중순을 넘는다. 추운 겨울, 이를 악물었듯이 이 봄도 독하게 열심히 해 보자.

2013년 3월 16일
대구에서 아빠가

열일곱 번째 편지

지수야! 아빠다.

지수야! 내일은 아빠가 일본 손님이 오기로 되어 있어 네게 편지 쓰기가 힘들 거 같고, 모레는 그 손님과 온종일 회의 및 업무를 봐야 하고, 그 익일에는 파주에 있는 LG 디스플레이에 입찰차 방문을 해야 되니, 네게 편지할 시간이 그다지 녹녹지가 않아 편지를 쓴다.

엄마에게 네 얘길 들으니 3월 시험을 좀 못 쳤다고 침울해한다고 들었다. 지난주 아빠가 네게 편지에 썼듯이 일희일비하지 마라. 공부는 시간과의 싸움이다. 차근차근 착실히 쌓아가다 보면 그것이 내공이 되어 나타날 때 진정한 실력으로 나타난다.

순간적으로 시험을 잘 쳤다고 교만해 하거나, 한 번 잘못 쳤다고 인생을 다 산 것처럼 비관해서 "나는 안 돼!" "이래서는 되는 게 없없어!" "도저히 여기는 나하고 안 맞어!" 그런다면 평생 자포자기와 무능감과 상실감, 그리고 남 탓과 장소 탓만 하다가 끝까지 가보지도 못하고, 이 핑계 저 핑계로 핑계만 대다가 끝난다.

공부란 게 그렇게 쉬웠으면 다 잘하지. 특히 재수가 그리 만만하면 너나 내나 전부 재수해서 명문대 가지. 그게 명확하다면 누가 재수 안 하겠어? 그게 어렵고 또 어려우니까 다들 포기하고, 지가 처음 가고자 했던 대학보다 못하더라도 진학을 하는 거야.

아빠가 지금까지 재수 생활에 성공한 친구들을 보면 장소, 남 탓, 자포자기 절대 안 한다. 기어이 해내고 만다는 비장한 각오, 죽어도 이루고야 만다는 강한 집착, 반드시 얻고야 만다는 열정과 갈급함. 그리고 큰 꿈이 반드시 뒤에 강하게 있었다.

넌 멀리 안 봐도 된다. 언니 친구인 서유미가 있잖아. 서유미는 수능 잘 못 치르고 원서 한 곳 안 내고, 바로 기숙학원에 가서 죽었다 하고 공부했다잖아. 그래서 원하던 의대를 갔고. 그러한 열정이 있어야 한다. 공부 이외에는 모두 다 포기한다는 열정과 강렬한 갈급함과 목마름이 있어야 최종의 목표점에서 웃을 수 있다.

성경의 열왕기상에 보면, 엘리야가 갈멜산 꼭대기에서 바알 선지자들을 다 죽게 하고, 3년이 넘도록 비가 오지 않는 것을 하나님으로 받은 능력으로 비가 오게 하고 난 뒤, 아합 왕의 처 이세벨이 엘리야를 죽이려고 하므로 엘리야가 도망을 치다가 피곤해서 로뎀 나무 밑에서 누워 자니까, 천사가 구운 떡과 물 한 병이 있는데 먹고 마시고 누웠더니, 주의 사자가 또다시 와서 일어나 먹고 마시라 네가 길을 이기지 못할까 하노라 하기에 이에 다시 일어나 먹고 마시고, 그 식물의 힘을 의지하여 四十晝 四十夜를 걸어 하나님의 산 호렙에 이르렀다는 말씀이 있다.

하나님의 선지자도 힘을 잃을 때가 있다. 그리고 그 하나님의 선지자에게 먹을 떡과 마실 물은 주의 사자가 가져다주지만, 그걸 먹고 마시고 四十晝 四十夜를 걸어서 가는 사람은 엘리야 선지자 본인이다. 주의 사자가 데려다주는 것도 아니고 하나님은 더더욱 아니다. 아무도 내가 가야 할 길 대신 가주지 않는다.

공부도 마찬가지다. 누가 대신해 주지 않는다. 아빠가 엄마가? 천만의 말씀. 응원은 해 줄 수 있지. 선생님이? 가는 길과 쉽게 가는 방법은 가르쳐 주지만 결국 공부는 자기가 해야 돼. 기숙 학원이? 단지 장소만 제공하고 공부할 환경을 조성해 주는 것

뿐이다.

결국 공부는 자기가 해야 돼. 이걸 쉽게 가겠다고 요령 부리고 꾀를 부리면 절대 목표까지 안전하게 못 간다. 다소 무식해 보여도 우직하게 끈기와 인내를 가지고 가야 하는 거야. 3년 가뭄을 해결한 엘리야 선지자도 결국은 四十晝 四十夜를 걸어서 하나님의 산 호렙에 이르렀다고 되어 있잖아. 이는 자신이 스스로 가야 한다는 말이다.

성경 말씀을 하나 더하면 전도서 5장 2절에 보면 "너는 하나님 앞에서 함부로 입을 열지 말며, 급한 마음으로 말을 내지 말라. 하나님은 하늘에 계시고 너는 땅에 있음이니라. 그런즉 마땅히 말을 적게 할 것이라. 일이 많으면 헛꿈이 생기고 말이 많으면 우매자의 소리가 나타나느니라. 네가 하나님께 誓願하였거든 갚기를 더디게 말라. 하나님은 우매자를 기뻐하시지 아니하나니 誓願한 것을 갚으라."

지수가 의대를 가서 의료선교를 하고 싶다고 하나님께 기도했다면 이는 하나님께 서원한 것이다. 그러니 이러쿵저러쿵 말을 만드는 사람이 되어 헛꿈을 꾸는 우매자가 되지 말고, 서원한 바를 이루기 위해 최선을 다해야 할 것이다.

최선을 다하여 죽을 마음으로 매달리면 못 할 게 없다. 살길을 찾고 쉬운 길을 찾으니, 자꾸 지금의 내가 가는 길이 이상하게 내게 안 맞는 것 같고 다른 길로 가면 잘 될 것 같아 보이는 거지.

결국 공부를 해야 하는 건 지수 바로 너다. "기숙학원도 아니고 기숙학원의 선생도 아닌 바로 지수 너!"란 사실 잊지 마라. 자! 힘내라! 처져 있지 말고.

2013년 3월 18일
대구에서 아빠가

열여덟 번째 편지

지수야! 아빠다.

아빠는 이번 주는 지수에게 편지를 쓸 수 없을 줄 알았더니 네게 편지를 쓰라고 하는 건지 오늘 일이 일찍 끝났네.

잘 올라갔지? 집에 모처럼 왔는데 아빠가 밥도 한번 못 사주고 일본으로 출장을 휙 와 버려서 못내 마음에 걸리네. 대신 이렇게 일본에서 편지를 쓰잖아.

아빤 지금 일본 큐슈에 있다. 비행기로 부산에서 40분 정도 걸리나?

한국과는 아주 가까운 곳이지. 또 생활도 한국과 많이 닮아 있고. 여기는 지금 벚꽃이 만개해 있다. 한국은 다음 주나 되야 벚꽃이 만개하겠지만 여기는 한국보다 좀 더 남쪽이라 조금 더 빨리 피는 모양이다. 아빠가 지수에게는 봄을 느끼는 시간도 아깝다 해 놓고 아빠가 봄 얘기를 하네.

지수야! 델포이 신전에 이런 글이 적혀져 있다고 한다. "상처 받은 자가 치유한다." 이 말이 무슨 뜻일까? 잘 해석해 보면 상처 받았던 사람만이 그 상처의 고통을 알기에 치유하는 방법을 알고, 그것을 경험 삼아 상처받지 않게끔 안내도 하고, 또 다른 사람에게 치유도 해 줄 수 있다는 게 아닐까?

그러니 지수야. 지수가 지금 하고 있는 재수는 상처의 고통을 알기 위해서 찐하게 아프고 있는 중이라 생각해라. 그리고 이왕에 아플 거면 더 많이 아프고 더 많이 노력해서 두 번 다시는 안 아프도록 면역력을 키워서 나와야 할 것이며, 이왕지사 아프기 시작한 거 완전히 나아서 나와야 되지 않겠어.

그러니 악착같이 끝까지 이 악물고 견디고 또 견디고, 노력할 거 또 하고, 누가 보면 "미친 거 아냐!" 할 정도로 아프고 힘들게 공부해야 된다.

그래서 두 번 다시, 아니 되돌아보면 내 인생에 있어서 최고 고통의 시기가 그때였고, 그때의 각오, 그때의 노력과 고통이라면, 이 정도는 아무것도 아니다 할 수 있도록 또 공부에 공부를 더 할 수 있도록 해야 돼.

아빠가 보기엔 그렇다. 델포이 신전에 쓰여 있는 그 말이 "상처받은 것을 두려워하거나 슬퍼하지 마라. 네 스스로 그걸 깨치고 그 상처를 치유하고 나오면 네게는 어느 누구도 알지 못하는 그 상처의 치유 방법을 알게 될 것이니, 네 최선을 다해서 또 혼신을 다해서 그 상처를 꿰매고 추슬러라. 그러면 네게 새로운 세상이 열릴 것이다."

아빠의 해석이 잘못되었을까? 아니 아빠는 반드시 그렇다고 본다. 아빠가 지금까지 살아 본 경험상 그 틀을 벗어나지 못했으니까. 절대 지금의 지수가 불행하다고 보지 마라. 운이 없다고도 생각하지 말고. 지수 넌 지금 새로운 세상을 열기 위해서 상처를 치유하기 위해 은근과 끈기로 고통을 이기면서, 새살을 돋우고 있는 중이라 생각하고, 치유에 네 온 정성과 혼신의 힘을 다 바쳐라.

그냥 '시간이 지나면 낫겠지.'라고 생각하면 그 상처는 또다시 도지게 되고, 그러면 그때는 더 이상 손 쓸 수 없는 깊은 상처가 되고 병이 될 수 있다.

하지만 지금 바로 이 순간! 바로 여기서! 너의 상처를 치유하기 위해서 일 분 일 초를 아끼지 않고, 열정을 다해 공부에 매진

한다면 반드시 승리와 영광의 면류관은 너의 것이 될 것이다.

최선을 다하는 우리 딸! 촌각의 시간도 공부에 매진하는 우리 딸을 생각하며 아빠도 일본에서 씩씩하게 비즈니스를 하고, 항상 앞서가는 생각으로 아빠의 회사를 이끌어 누구라도 부러워하는 회사를 만들기에 최선을 다하마.

자! 아빠가 일본에서 크게 우리 지수에게 파이팅을 외쳐보마. 우리 지수! 파이팅!

2013년 3월 26일
일본에서 아빠가

열아홉 번째 편지

지수야! 아빠다.

지수야! 수요일 귀국해서 목요일에 E.P 기술이전 관련해서 MOU 작성하고, 금요일은 SFA에 가서 입찰에 응하고 오늘에야 겨우 한숨을 돌리고, 결재할 건 결재하고 재심의할 것은 돌려보내고 겨우 숨을 좀 돌리고 앉았구나.

문자 메일을 보니 대성 모의고사 친다고 왔더구나. 시험은 시험이니 잘 치루면 좋겠지. 그러나 아직 열매 맺기를 바라는 것은 시기상조일 수 있으니 너무 조급해하지 마라. 진정한 실력가는 차근차근 준비해서 마지막에 가서 흔들리지 않는 자기만의 영역을, 자기만의 진정한 실력을 만들어 놓는 게 중요하다.

지수야. 성경의 에레미야 애가를 보면 "사람이 젊어서 멍에를 메는 것이 좋으니…"라고 기록되어 있다. 우리 속담에도 "젊어 고생은 사서도 한다."란 말이 있고.

지금 지수의 고생은 나중에 되새길 수 있는 좋은 영양제와 같은 영약이 될 거야.

고린도 전서에 보면 "사람이 감당할 시험밖에는 너희에게 당할 것이 없나니 오직 하나님은 미쁘사 너희가 감당치 못할 시험 당함을 허락치 아니하시고…"라고 하셨다. 절대 우리가 이겨내지 못하고 감당하지 못할 고난을 주시지는 않는다고 하셨다. 그러니 우리는 자신감을 가지고 나의 뒷배가 되시는 하나님을 믿고, 열심히 이 고난을 이겨내고 또 이겨내는 거야.

로마서에 "우리가 환난 중에도 즐거워함이니 환난은 인내를 인내는 연단을 연단은 소망을 이루는 줄 앎이로다. 소망이 부끄럽게 아니함은 우리에게 주신 성령으로 말미암아 하나님의 사랑이 우리의 마음에 부은 바 됨이니…"

이는 지수야. 환난이 있어야 소망을 가질 수 있고, 이 소망은 하나님의 사랑으로 인함을 알게 된다는 것이다.

따라서 그에 따르는 연단은 필수적인 조건이고, 반드시 이 연단은 이겨내야 하고, 이를 이겨냄만이 우리가 소망을 가지고 하나님의 사랑을 이룰 수 있다는 것이지.

너무 쉽게 모든 걸 이룬다면 과연 우리가 소원하고 바라는 것의 소중함을 알 수 있을까? 그 소중한 것을 우리에게 가르쳐 주시기 위해서 하나님께서 이 환난과 시련을 준비하시고 이겨내라고 하신다고 보면 어떨까?

좌절하고 패배감에 젖어 망연히 있는 게 좋을까? 하나님의 큰 계획에 알아차리고 더욱 분발하여 이 고난과 시련을 당당히 물리치고 하나님의 계획에 동참함이 옳을까? 분명 정답은 후자 쪽일 거야.

3월이 거의 다가간다. 4월이 눈앞이네. 하루하루 최선을 다하는 우리 지수 모습 생각하면서 아빠도 오늘 하루를 제대로 충실하게 보냈는지 되새겨 본다. 하루하루 최선을 다하고 매시 매초를 아껴 최후의 승리자가 될 수 있도록 하자.

자! 오늘도 힘내자. 지수 파이팅!

2013년 3월 30일
대구에서 아빠가

스무 번째 편지

지수야! 아빠다.

시간이 참 빨리 가는구나. 벌써 4월이고 온천지에 벚꽃이며 진달래며 지천에 나무와 풀들이 꽃을 피우고 싹을 틔우느라 여념이 없구나.

우리 지수는 좌우에 신경 쓸 틈도 없이 공부에 여념이 없겠지. 지수야. 공부란 게 그렇다. 모든 게 마음먹기에 달린 거야.

스스로 공부가 힘이 든다고 생각하면 힘이 들고, 세상에 공부만큼 즐거운 게 없고 나의 앞길을 환하게 비춰줄 게 없다고 생각하고, 오로지 공부만 생각하면 또 그 공부가 그렇게 재미있고 감사하게 느껴질 수가 있다. 모든 게 마음을 어디에 두느냐가 관건이란 이야기지.

이제 4월이다. Base를 다시 한번 점검하고 다지는 시기를 5월까지로 보고, 6월부터는 피치를 올려서 7월까지는 최상의 상태로 만들어 놓아야 할 거야.

그리고 8월과 9월은 실력을 완전히 굳히는 시간으로 하고. 10월은 재확인과 점검의 시간으로 잡아야 11월 초에 있을 수능에 완벽을 기할 수 있을 것이다.

널 데리고 양지에 처음 입소시키던 날 신록 원장님이 하시던 말씀이 기억나는구나. "재수는 자기 생에 있어서 가장 정직한 신분 상승의 기회이고, 유일한 길이다."라는 아빠는 그 말이 맞다고 본다.

한국 사회에서는 아무리 의사가 되고 싶어도 의대를 나오지 않으면 의사가 될 길이 없다. 약사가 되고 싶으면 약학전문대학원을 졸업해야 되고, 치과의사가 되려면 치의학전문대학원을 졸업하지 않으면 치과의사가 될 길이 없다.

그러하니 한편으로는 유일한 길이고. 공부란 건 본인이 노력하고 자기에게 맞는 공부방법을 찾아서, 혼신을 다하면 실력이 올라가 본인이 한만큼 성적이 나오게끔 되어 있으니 그 또한 정직하다고 하겠다. 그러니 신록 원장님의 말씀이 맞다고 할 수밖에.

아빠가 늘 하는 말이지만 시간을 재지 말고, 오늘 하루를 열심히 계획에 의거하여 끈기와 인내로 꾸준히 공부를 해야 한다.

그때 그때의 기분에 좌우되고 좌우 친구들의 말에 휘둘려 이럴 땐 저럴 땐 하다 보면, 이것도 해야 하고 저것도 해야 하고 그러다 보면 시간은 다 가버리고, 정작 내가 한 것은? 내 손에 쥐어지는 것은? 없는 꼴이 된다.

부화뇌동하지 마라. 내 주관에 의거, 내 계획에 의거해서 공부해라. 말했지만 공부는 네가 하는 것이다. 선생이 해 주는 것도 아니고 기숙학원이 해 주는 것도 아니다. 선생은 좀 더 쉽게 가는 길과 방향을 가르쳐 주고, 기숙학원은 장소를 제공하여 주는 것뿐이다.

남 탓도 하지 마라. 모든 것은 네 손에 달려있다. 네가 한 발자국 나아가면 그림자도 너와 같이 한 발자국 나아가는 것과 마찬가지로 공부도 네가 하루 열심히 죽어라고 공부하면 네 실력도 딱 그만큼 나아진다.

본인은 공부하지 않고 성적이 나아지길 바란다면 그건 도둑과 같다. 절대 그렇게 될 일도 없고. 딱 본인이 한 만큼 땀 흘리고 수고하고 노력한 만큼 나아지는 게 공부다. 공부만큼 정직한 게 없다. 그러니 게으름 부리지 말고 열심히 해야 한다.

　네게 기대를 걸고 있는 아빠부터 부산의 큰아버지 큰엄마 또 네 외할아버지 외할머니 까지 너만 바라보고 있다는 사실 잊지 말고. 아빠가 너무 부담을 주나? 근데 부담을 가져야 공부를 하거든.

　아빠도 공부할 때 네 할아버지 할머니, 공부시켜 주시는 네 큰아버지 큰엄마 그리고 네 사촌 오빠들과 언니에 대해 엄청 부담을 느꼈거든. 그 부담이 네게 약이 될 수 있도록 열심히 해라.

　올 한해 최지수의 인생은 오로지 공부에 바친다 생각하고. 부담감 100%일 우리 지수! 힘내라 힘!

2013년 4월 3일
대구에서 아빠가

스물한 번째 편지

지수야! 아빠다.

지수야. 벌써 4월의 첫 주말을 맞는구나. 며칠 전 아빠가 사무실에서 묵상을 하고 성경 말씀을 보니 지수 네게 딱 맞다 싶은 말씀이 있더구나.

이사야서 43장에 나오는 말씀인데 "너희는 이전 일을 기억하지 말며 옛적 일을 생각하지 말라. 보라 내가 새 일을 행하리니 이제 나타낼 것이라. 너희가 그것을 알지 못하겠느냐? 정녕히 내가 광야의 길과 사막에 강을 내리니 장차 들짐승 곧 승냥이와 타조도 나를 존경할 것은 내가 광야에 물들을, 사막에 강들을 내어 내 백성 나의 택한자로 마시게 할 것임이라."라고 되어 있으며 44장엔 "나의 종 야곱, 나의 택한 여수룬아. 두려워 말라 대저 내가 갈한 자에게 물을 주며 마른 땅에 시내가 흐르게 하며 나의 신을 네 자손에게 나의 복을 네 후손에게 내리리니 그들이 풀 가운데서 솟아나기를 시냇가의 버들같이 하리라." 하셨다.

이 말씀은 우리가 과거에 얽매이지 않고 하나님을 믿고 앞으로 향해 너희가 열심히 나아가면, 하나님께서 너희가 상상하지도 못할 일 즉 광야에 물과 강을 만들어서라도 너희의 목마름을 해갈시켜 주겠다는 하나님의 약속인 것이다.

그리고 앞을 두려워 말고 하나님을 의지하고 최선을 다해서 공부에 공부를 더 하고 노력에 노력을 더하면, 마른 땅에 시내가 흐르게 하겠으며 너희에게 복을 주어 물 많은 시냇가의 버드나무처럼 무성하기 그지없는 사람으로 만들어 주겠다는 말씀인 게지. 이 얼마나 축복의 말씀이며 은혜의 말씀이냐.

우리가 믿고 의지하고 우리의 최선을 다하면, 마르고 건조하기 그지없는 광야나 사막에도 물길을 내어 강을 만들어 주겠다는, 그렇게 해서라도 너희에게 길을 만들어 주겠다는 엄청난 축복의 말씀이다. 이러니 우리가 어찌 노력하지 않고 최선을 다하지 않겠어.

요즘 아빠는 지수 덕분에 성경 말씀을 많이 읽는다. 네 언니 재수할 때도 매번 성경 말씀을 읽고 묵상을 하고 했었다만, 지금만큼은 아니었던 것 같은데 너를 재수시킨다고, 양지 메가에 보내 놓고는 유독 더 성경 말씀에 매달리게 되는구나. 네 덕분에 내가 성경 말씀을 많이 읽게 되니 오히려 내가 네게 고맙다고 해야 되나? 어쨌건 열심히 해라.

하나님께서 말씀하신 그대로 그 말씀 믿고 의지하면 반드시 이루어 주신다. 사막에 강을 내어서라도 너희 목마름은 해갈해 주시겠다 하는 그 말씀 믿고 굳건하게, 당당하게, 힘차게, 하루하루를 차곡차곡 열정을 채워 나가는 거야.

알겠지? 최지수. 자! 최지수. 아자 아자! 파이팅!

2013년 4월 6일
대구에서 아빠가

스물두 번째 편지

지수야! 아빠다.

지수야. 아빠가 월요일에 일본 출장을 갔다가 어제 오는 바람에 네게 편지를 못 썼다.

아빠가 오늘은 성경의 사사기에 나오는 이스라엘의 사사 기드온에 대해서 이야기해 줄려고 한다. 이스라엘의 사사란 이스라엘 민족이 출애굽 해서 모세의 안내로 광야 생활 40년을 마치고 여호수아의 인도로 가나안 땅을 정복하고 난 뒤, 이스라엘 민족을 이끌어 온 일종의 리더라고 할까? 뭐 그런 존재 그러니까 왕은 아니고 민족 지도자 정도로 보면 되겠다. 사사 중엔 여자 사사도 있고, 삼손과 같은 장사인 사람도 있다.

사울 왕이 선지자 사무엘로부터 왕으로 기름 부어져 왕이 되기 전까지 약 400년을 이스라엘 민족은 이런 사사들의 지도로 살아남는다. 그리고 사울 왕을 지나 그 사위인 다윗 왕 때서야 제대로 된 왕조를 이루고, 솔로몬 왕 때 최고의 번성기를 누리게 되지.

그 후 솔로몬 왕의 후궁들이 들여놓은 우상들로 인해 이스라엘은 북이스라엘과 남유다로 나누어지게 되는데 북이스라엘은 이내 앗수르에 의해 패망하고, 남유다는 이후 약 200년을 더 존속하다가 바벨론에게 망해서 왕족과 모든 귀족들이 바벨론에 노예로 끌려가서 고생하다가, 70년 만에 페르시아의 고레스 왕에 의해 다시 예루살렘에 돌아오게 된다.

이때 많은 선지자들이 나타나 예언한 것을 적은 것이 구약의 에언서들인데 이사야, 예레미야, 에스라, 에스겔, 호세아등의 대·소 에언서가 있는 거지.

기드온에 대한 이야기는 사사기의 중반부 조금 못 미쳐 있는데, 이스라엘 민족이 가나안 땅을 정복하고 정착을 하게 되니 광야 생활 때의 신앙심을 잃어버리고, 물자가 풍족해지니까 방탕하여지고 하나님 알기를 우습게 알고 악을 행했다고 한다.

그러니 하나님께서 화가 나서 미디안 족속으로 하여금 이스라엘을 7년 동안 수탈하게 하는데, 얼마나 심했느냐 하면 산에 가서 굴을 파고 생활을 할 정도로 심했다고 한다. 이 지경에 이르니 이스라엘 민족이 하나님을 경외하지 않고 무시한 죄임을 깨닫고 울부짖으며 기도하기에 이른다.

그러자 하나님께서 기드온에게 임하셔서 "너로 이스라엘을 구원하게 하겠다."라고 하신다. 근데 기드온의 입장에서 보면 자기는 이스라엘 민족 중에서도 세가 제일 약한 므낫세 지파 사람이고, 자기 형제 중에서도 제일 막내인데 자기로 하여금 이스라엘을 구원하겠다고 하시니 기가 찰 수밖에.

그래서 "제가 어찌…." 하니까 하나님의 사자가 "내가 내가 반드시 너와 함께하리니 네가 미디안 사람 치기를 한 사람 치듯 하리라." 하고는 사람을 모으게 하는데 약 35,000명이 모였다. 미디안 군은 135,000명으로 약 4배나 많은 숫자인데, 하나님께서는 기드온에게 뭐라고 하시느냐 하면 이스라엘 군의 숫자가 너무 많다고 수를 줄이라고 한다. 그래서 10,000명을 제외하고 다 돌려보냈는데 또다시 하나님께서 뭐라시느냐 하면 그래도 숫자가 많다. 만약 너희가 이 숫자로 미디안 족속을 이기면 너희가 잘나서 이긴 줄 알고, 또 나를 업신여기고 방탕할 것이니 더 줄이라 했다.

그래서 300명을 제외하고는 전부 돌려보낸다. 135,000대 300이면 약 450대 1이다. 그리고서 싸우라 한다. 그리고 두려우면 동료 중 한 명을 데리고 정탐을 해보라고 시키시는데, 정탐을 해보니 미디안 병사들의 꿈 이야기를 들어보니 보리 떡 한 개가 자기네 진중에 굴러 들어와 진을 다 부셔 놓더라는 이야기였다.

그래서 기드온이 하나님께 경배하고 용기를 내어 삼면에서 나팔을 불고 항아리를 깨고 하니, 그날 자기네끼리 죽인 자가 120,000명이나 되었다. 그리고 15,000명이 도망을 쳤는데 그나마도 300명을 이끌고 가서 다 죽이고 미디안 족속의 왕 세바와 살문나도 죽인다. 이래서 40년 동안 이스라엘 민족은 평화를 얻게 된다.

지수야. 여기서 우리가 알아야 할 게 뭘까? 단순히 어느 영웅의 이야기일까? 하나님을 잘 믿으라는 메시지 그걸로 다일까?

아빠가 보기엔 첫째 항상 초심을 잃지 말라는 거다. 성경책 속의 이스라엘 민족은 하나님께 선택받은 민족임에도 불구하고, 수시로 방탕하고 하나님을 무시하고 우상을 섬기며 하나님의 진노를 샀다.

우리는 그렇지 않을까? 초심은 상당히 준수하게 그럴듯하게 해놓고, 나중에 시간이 지나면 내 멋대로 해버리는 그런 사람처럼 그런 생활을 하고 있는 건 아닐까?

그리고 두 번째 우리는 뭐든 내 힘만으로 하려고 하는 건 아닐까? 수시로 내가 최선을 다하고 있는지? 내 모습이 하나님 보시기에 기뻐하실 것인지? 돌아보지 않고 자가당착에 빠져서 나만의 의지로 다 해결하려 하고 힘들어하는 건 아닐까? 최선은 다 하되 스스로 하나님과 소통하면서 나의 시간과 노력을 되짚어 보는가?

세 번째 마지막까지 최선을 다했는가? 기드온은 300명으로 하루 저녁에 120,000명의 적군을 죽였으니 대승을 했는데도 끝까지 적군을 추적하여 나머지 15,000명을 죽임과 동시에 적군의 수괴를 죽여 재발의 근원을 없앤다.

우리는 그렇게 하고 있는가?

모르는 문제 힘든 일이 있으면 오늘 해결하지 않고, '내일 하지 뭐.' 하면서 뒤로 미루는 일은 없는가? 그러면서 하루하루를 넘기고 시간을 허비하고 있지는 않은가? 차분히 생각해 볼 필요가 있지 않을까?

성경 말씀은 아빠가 어제 볼 때는 어제의 은혜로 감명을 주고 오늘 보면 또 오늘대로 감명을 주니 오묘하기가 그지없다. 특히 구약을 즐겨보는 아빠에겐 더없이 소중하고 귀하게 여겨진다.

오늘도 열심히 공부와 싸우고 있을 우리 지수. 열심을 내고 건강하게 하나님 안에서 충성스러운 주의 일꾼으로 성장하길 바란다.

파이팅!

2013년 4월 10일
대구에서 아빠가

PS. 참 공부하는 데 수학이든 영어든 필요하면 수강해라.
돈 생각하지 말고 그 정도는 아빠가 대어줄 수 있으니까.
자! 다시 한번 파이팅!

스물세 번째 편지

지수야! 아빠다.

지수야. 성경의 다니엘서를 보면 바벨론 왕 느부갓네살이 금으로 신상을 만들고 이를 바벨론의 신이라 하고, 그 앞에 엎드려 절하지 않는 사람은 풀무에 넣어 태워 죽이겠다고 선포를 하였다.

그런데 다니엘의 친구인 사드락과 메삭 그리고 아벳느고라는 세 사람은 금 신상에 절을 하지 않는 거야. 그러니 바벨론 사람들이 이 세 이스라엘 사람을 시기하여 왕에게 고소를 한다.

이 세 사람 왕에게 잡혀 와서 왕이 "왜 왕으로서 엄명을 내려 신상 앞에서 절을 하라는데 절을 하지 않느냐?"라고 묻는다. 그리고 지금이라도 절을 하면 살려주겠다고 한다.

그러자 이 세 사람은 한결같이 "우리가 우리 주이신 하나님을 믿으니 그리할 수가 없고, 만약 왕이 우리를 풀무에 넣어 죽이려고 해도 우리 하나님께서 능히 건져 내시겠고 왕의 손에서도 건져 내실 것이다. 설사 그리하지 않으시더라도 우린 왕의 신을 섬기지도 않을 것이며 엎드려 절하지도 않을 것이라." 한다.

그러자 느부갓네살 왕이 대노하여 풀무의 불기운을 평소의 7배나 더 세게 하고 세 사람을 풀무에 집어넣어라 한다. 어느 정도 풀무 불이 세었느냐 하면 풀무에 세 사람을 집어넣으러 간 사람이 풀무 불에 타 죽을 정도로 불길이 세었다.

그 정도의 불길 속에 세 사람을 던져 넣고 왕이 불길 속을 보니, 네 사람이 불길 속을 다니는데 상하지도 않고 그리고 세 사람 외의 한 사람은 신들의 아들과 같은 모양이라.

그래서 느부갓네살 왕이 풀무 아구 근처에 가서 "지극히 높으신 하나님의 종, 사드락, 메삭, 아벳느고야 나와서 이리로 오라." 하니 세 사람이 머리털 하나 상하지 않은 모습으로 나오는 것을 보고 "지극히 높은 하나님을 찬송할 것이며 이후 사드락, 메삭, 아벳느고의 하나님을 망령되이 말하거나 허수로이 말하는 자는 그 몸을 쪼개고 그 집터는 거름 터로 삼을 것이다. 이는 이같이 사람을 구할 다른 신이 없기 때문이다."라고 공표를 한다.

지수야. 공부란 게 험난한 길이다. 특히 재수의 길은 더하고. 이번에 또 해서 안 되면? 성적이 안 오르면 어떡하지? 이번 시험은 잘 쳐야 할 건데? 이런 강박관념에 잡히기도 쉽고. 옆 친구는 잘도 하는데 나는 왜 이리 흔들릴까? 이런 생각도 들 것이고.

다들 아닌 척은 해도 그런 마음이 약간씩은 다 있다. 티를 내지 않고 그저 열심히 할 뿐이지만 옆 친구들도 오만 가지 생각을 다 하고 있는 건 사실일 거다.

그러나 얼마만큼의 의지로 이겨내느냐? 그리고 내가 얼마만큼의 확신을 가지고 있느냐? 이게 중요한 것이지. 성경 속의 사드락, 메삭, 아벳느고와 같이 "우리를 우리 하나님이 구해줄 것이다. 그러나 설사 구해주지 않더라도 우리의 소신과 믿음에는 변함이 없다." 이런 확신이 필요하다.

자기최면이란 말 있지. 주로 큰 경기를 앞둔 운동선수들이 많이 자기최면 요법을 쓴다고 하지. "난 반드시 이 경기에서 이길 수 있다. 아니 반드시 이길 수밖에 없다."라는 자기최면. 이런 자기 확신과 자기최면이 공부에 있어서는 반드시 필요하다.

"안 되면 어쩌지?" 이런 생각은 자기 자신을 불신의 골짜기로 몰고 가고 우울한 상태로 만들기 때문에 굉장히 안 좋은 생각이다.

"무조건 잘될 수밖에 없다. 누가 뭐라 해도 난 잘될 수밖에 없는 필요충분조건을 갖추었다."라고 강하게 지수 자신에게 최면을 거는 거야. 그러면 무조건 잘되게 되어 있다.

"생각이 습관을 바꾸고 습관이 생활을 바꾸고 생활이 인생을 바꾼다."라는 말이 있다. 무엇이든 생각에 기초를 두고 있기에 생각은 무조건 긍정적으로, 또 입에서 나오는 말도 무조건 긍정적이고 적극적인 말로 해야 한다. 그래야 네 재수 생활이 성공적으로 마무리될 수 있다.

재수 생활을 성공적으로 이끌고 싶다면 머릿속에서 부정적인 생각은 싹 다 지워라. 그리고 긍정적인 생각과 영광의 날만 생각해라. 절대 우울해하지도 말고 걱정도 하지 마라. 웃을 일과 밝은 미래만 생각해라. 그게 성공의 지름길이다.

성공의 방정식은 간단하다. 확신에 차서 긍정적인 생각으로 열정을 다하면 반드시 성공한다. 이게 정답이다. 오늘 하루도 확신에 차서 긍정적인 생각으로 열정을 다할 지수를 생각하며….

대구에서 아빠가
2013년 4월 13일

스물네 번째 편지

지수야! 아빠다.

지수야. 아빠가 요즈음은 힘이 많이 드네. 회사에는 세무조사를 한다고 국세청에서 나와 있고, 삼성과 LG의 양 고객사는 서로의 보안을 지킨다는 명분으로 이런저런 트집을 잡고 요구만 하고.

회사가 그만큼 커간다는 성장통이겠지? 하면서도 힘들고 스트레스받는 건 사실이다. 온종일 대구공장이다, 구미공장이다, 왔다리 갔다리 하다 보면 하루가 간다.

그래도 고객들로부터 수주받은 물량을 정해진 납기에 맞추겠다고 열심을 내고 있는 직원들의 모습과, 하나하나 제품이 되어 납품이 되고 있는 걸 보면 '힘 내야지.' 하고 마음을 추슬러

본다. 아빠가 어제 성경을 펴다가 창세기 1장을 봤다.

"태초에 하나님이 천지를 창조하시니라. 땅이 혼돈하고 공허하며 흑암이 깊음 위에 있고 하나님의 신은 수면에 운행하시니라. 하나님이 가라사대 빛이 있으라 하시매 빛이 있었고 그 빛이 하나님 보시기에 좋았더라. 하나님이 빛과 어둠을 나누사…."

아빠가 이 말씀을 읽고 깊이 생각을 했다. 하나님께서 태초에 천지를 창조하실 때 아무런 계획과 생각 없이 그냥 장난삼아 '금 나와라 뚝딱! 은 나와라 뚝딱!' 이런 식으로 천지를 창조하셨을까? 그렇게 무의미하게 무성의하게 천지를 창조하셨을까?

아빠는 분명 아닐 거라 생각을 하는데 그에 대한 근거를 찾을 수가 없었다. 그런 고민 중에 아빠가 발견한 것이 "하나님의 신은 수면 위에 운행하시니라."였다.

사람이 깊은 고민을 하면 자리에 가만히 앉아 심사숙고하는 스타일도 있지만 또 더러는 왔다 갔다 걸으면서 심사숙고를 하기도 한다.

이와 같이 하나님께서도 수면 위를 운행하시면서 '장차 천지를 어떻게 창조해야 잘 창조를 할 수 있으며 어떤 일정으로 해야 제대로 된 세상을 만들 수 있을까?' 노심초사하신 게 아닐까? 하는 생각을 해 봤다. 아마 맞을 거야.

그 정답은 하나님께서 "빛이 있으라 하시매 빛이 있었고 그 빛이 하나님 보시기에 좋았더라."라고 적힌 말씀을 보면 확인할 수가 있다. 사람도 자기가 계획하고 추구한 바가 제대로 이루어지면 한없이 좋고 기쁘기가 그지없지만, 그렇지 않고 계획한 대로 되지도 않고 모든 일이 성사가 되지 않으면, 짜증만 나고 화만 날 뿐이며 자기 스스로를 자학하기가 쉽게 된다.

그래서 이 두 가지 사항을 미루어 볼 때 하나님께서도 이 천지를 창조하시기 전에 엄청난 시간을 계획하시고 입안을 하신 게 아닐까?

아빠가 창세기 1장을 전부 확인해 봤는데 "보시기에 좋았더라."가 6번 나오고 "보시기에 심히 좋았더라."가 1번 나왔다. 그 정도로 하나님께서 구상하신 모든 것이 완벽하게 맞아떨어졌다는 것이지.

오늘 아빠가 왜 이런 이야기를 하느냐 하면 전지전능하신 하나님께서도 이 천지를 창조하실 때, 그냥 대충 무작정 만드신 게 아니고, 수면을 운행하시면서 심사숙고하시고 이 천지를 만드셨는데 우리는 어떠한가. 전지전능하지도 않고 아무 가진 것도 없으면서 인간적인 생각만으로 순간적인 판단으로, 이렇게 하면 저렇게 하면 하고, 자기의 방법을 추구하고 있는 게 아닐까?

나에 대한 스스로의 깊은 성찰. 나에 대한 철저한 반성을 우선하고 행동에 대해서도 순간적인 충동이 아니고, 좌우 여건과 주변을 고려해서 행동해야 하지 않을까? 말 한마디 행동 하나가 진중해야 하지 않을까?

지수가 지금 가고 있는 길은 쉬운 길이 아닌 가시밭길이다. 어느 누구도 다시 가기 싫어하는 길이기도 하다. 하지만 선택을 한 이상 최선을 다하고 열정을 다 바쳐서 뚫고 나가야 하는 길이다. 좌절하지 말고 굳건한 의지를 가지고 가야 한다.

그리고 절대 흔들리지 말아야 한다. 지금 흔들리고 이럴까 저럴까 하는 것 자체가 네게는 사치란 걸 알아야 한다. 투지를 키우고 두 주먹을 불끈 쥐어야 한다. 그래야 승리자의 길을 갈 수가 있다.

희망과 꿈만 생각해라. 네 찬란할 미래만 생각해라. 영광의 날만 생각해라.

2013년 4월 17일
대구에서 아빠가

스물다섯 번째 편지

지수야! 아빠다.

지수야. 벌써 25번째 편지를 쓰는구나. 처음에 널 양지 메가에 태워주고 내려오면서 '5일에 한 번꼴이면 60번 그러면 300일이니까 지수가 웃는 모습으로 환하게 아빠에게 돌아오겠지?' 하고 시작한 편지인데 벌써 25번이나 보냈구나.

햇볕이 따뜻한 날이나 오늘처럼 비가 오는 날이나 그저 공부에만 매달려 씨름을 하고 있을 너를 생각하면, 왜 이리도 교육을 시험으로만 채우게 됐는지? 왜 이리도 경쟁을 유도하지 않으면 안 되는지? 하는 회의도 들지만, 아빠도 그랬고, 아빠의 전 세대도 그랬고, 또 지수도 그렇고, 지수 이후의 세대도 그럴 수밖에 없는 교육 여건이라 보기에, 숙연히 받아들이고 주어진 환경에서 최선을 다하여 소기의 목표와 꿈을 이루어 갈 수밖에 없는 것 같다.

세상의 여건과 나의 이상이 전혀 맞지 않다고 아무리 고함치고 외쳐 본들, 맞장구쳐 주고 같이 동조해서 행동해 주는 사람이 없다면, 아무 의미 없는 이상이고 허무일 뿐이다. 그러니 수긍할 건 수긍하고 따를 건 따를 수밖에 없다.

예수님께서도 "하나님의 것은 하나님께 키이사르의 것은 카이사르에게"라고 하셨듯이 무조건 세상을 탓하는 것만이 잘하는 것이 아니다. 엊그제 아빠가 탈무드의 한 내용을 보니까 "단번에 바다를 만들려고 해서는 안 된다. 우선 시냇물부터 만들어야 한다."란 글이 있었다.

바다가 되기 위해서는 작은 시냇물이 모여 큰 냇물 즉 강을 만들어야 하고, 이 강물이 몇 개 모여 더 큰 강물이 되고 이게 흘러들어야 바다가 되는 것이다.

그러니까 사람이 큰 바다가 되기 위해서는 무시하기 쉬운 시냇물부터 시작을 해야 된다는 것이지. 아주 드물지만 한 번에 바다를 만드는 사람이 있기도 하다. 그러나 그렇게 쉬이 만든 바다는 깊이가 없어서 쉬이 고갈되고 물이 말라 이내 뭍으로 돌아가기가 십상이다. 그러니 먼저 큰 바다를 이룰 사람은 작은 시내부터 만들어가야 한다. 작은 시내를 만들어 강이 되기 위해서는 세상을 거슬러서도 안 되고 내 고집을 피워서도 안 된다. 순응하면서 나의 갈 길, 바다만 생각하며 오로지 가는 것이다.

장애물이 있으면 피해서 가고 큰 산이 막으면 돌아가고, 굽이 굽이 돌다 보면 여기저기서 합쳐지는 지류의 힘을 얻어가면서 그렇게 가는 것이다. 인생이 그러하듯이 공부도 마찬가지다. 어느 날 갑자기 "대박!"이라는 게 없다.

요구하는 시간은 다 요구하고 필요한 건 다 요구하는 게 공부다. 선택과 집중을 얼마만큼 확실하게 충실하게 열정적으로 하느냐? 내가 얼마만큼의 큰 꿈을 가지고 인내와 의지를 가지고 가느냐?

수고와 땀이 너의 과실을 튼튼하고 알차게 해 줄 뿐이다.

세상의 유혹과 타인의 달콤한 말에 현혹되지 마라. 그게 네게는 뱀의 혀와 같고 마귀의 꾐과 같다. 오로지 너 자신의 꿈과 미래만을 생각하고 승리와 영광의 날만 바라봐라. 그것이 네 앞날을 밝게 해 줄 것이다.

오늘도 열공할 우리 지수를 생각하며.

2013년 4월 20일
대구에서 아빠가

스물여섯 번째 편지

지수야! 아빠다.

지수야. 봄비가 촉촉이 대지를 적시고 있구나. 이 비에 의해서 꽃들은 많이 지겠지만 땅은 많은 물을 품을 것이고, 나무와 풀들은 더욱 힘을 받아 연두의 싹을 초록의 잎으로 키워 가겠지?

자연이란 시와 때에 맞추어 변화를 거듭하고 그 변화의 오묘한 진리를 우리에게 보여주는 게지. 꽃이 곱다 하여 꽃의 상태로만 사시사철을 있다고 하면 그 나무와 풀은 열매를 맺지 못할 것이고, 연두의 새싹이 보기 좋다 하여 그대로 새싹에 머문다면 열매를 키우지 못할 것이므로, 때에 따라 꽃이 피고 져야 하며 잎도 무성해 져야 하는 것이 순리이며 이치에 합당한 것이지.

지금 지수가 재수 생활을 하며 고난과 고통의 훈련을 받는 것도, 이 봄에 비를 맞고 떨어지는 꽃잎의 아픔이라기보다는 더 좋고 아름다운 열매를 맺기 위해서, 이 고통과 아픔을 감수해내야 한다는 그러한 시기적 사명을 띠고 있다고 생각하면, 이 힘듦과 외로움과 같은 시련은 충분히 감내하고 인내하면서 버티어 낼 수 있지 않을까?

성경의 야고보서에도 보면 "시험을 참는 자는 복이 있도다. 이것에 옳다 인정하심을 받은 후에 주께서 자기를 사랑하는 자들에게 약속하신 생명의 면류관을 얻을 것임이니라. 사람이 시험을 받을 때에 내가 하나님께 시험을 받는다 하지 말지니…"라고고 하셨다.

시험을 참고 그를 이겨내야 그에 합당한 복이 있고 그에 따라 생명의 면류관을 얻을 수 있다고 말씀하고 계신다. 그리고 내가 지금 시험을 받고 있다고 할 때에도 내가 지금 하나님께 시험받고 있다고 생각하지 말고, 하나님께 쓰임 받기 위해서 큰 시련을 감내하면서 연단을 받고 있는 중이라 생각하면 얼마든지 용기를 내어 견디어 낼 수 있지 않을까?

보통의 사람들은 시험이 오면 이를 두려워하고 피하기에 급

급하지만 우리는 당당히 그 시련에 맞서서 싸우고 이기는 사람이 되자.

꽃이 떨어지는 게 두려워 비 오는 게 싫다고 하면 그 나무는 열매를 맺지 못할 것이고, 열매를 맺지 못하는 나무는 기어이 베어져 버림을 당하는 건 당연한 논리이다. 그러므로 꽃잎이 떨어지는 아픔을 감내하지 못하는 바보는 되지 말자. 지금의 이 고통과 시련은 네게 열매 맺게 하기 위한 하나의 통과의례에 불과하고 축복의 길로 나아가는 통로라 생각하자. 그리하여 남들보다 수십 배 수백 배 크고 많은 열매를 맺을 수 있도록 하자.

오늘의 이 고통과 시련을 후일에 기억하고 노래할 수 있도록 하자. 힘듦과 어려움을 희망과 축복의 통로라 생각하고 힘차게 뚫고 나아가자. 해서 누구보다도 찬란하고 영광스런 면류관을 쓸 수 있도록 하자.

2013년 4월 23일
대구에서 아빠가

스물일곱 번째 편지

지수야! 아빠다.

지수야! 엊그제는 비가 와서 쌀쌀하더니 오늘은 다소 바람은 있으나 예전의 봄날처럼 따뜻하구나. 그러나 가로수를 보면 엊그제의 비로 연두색은 더 짙은 초록색으로 변한 것 같고, 나뭇잎의 크기도 이젠 제법 제 형상을 갖추어 가는 듯이 보였다.

이렇듯 비가 오는 것도 자연에게는 힘이 되고 기운이 되는 것 같이, 우리에게도 하루하루를 힘이 들거나 괴로워도 인내하면서 열정을 다 바치고 최선을 다하고 노력을 더하면 최고의 열매, 최상의 선물을 받을 수 있을 것이다.

잘 들어갔지? 언제나처럼 바삐 출근하느라 네 배웅도 못 해 주고 차비 몇 푼 쥐여 주고 출근하는 모양새가 되고 말았구나.

지수야. 성경을 보면 이스라엘 민족이 솔로몬 왕 사후에 남유다와 북이스라엘로 분열되어 각각 나라를 유지하다가, 하나님 보시기에 죄를 짓고 방탕한 생활이 심한 북이스라엘은 하나님께서 앗수르를 동원하여 패망시키시고, 북이스라엘은 앗수르의 동화 정책인 혼혈주의에 의해 민족의 순수성마저 짓밟히게 된다.

이를 보고 남유다가 정신을 차리고 하나님께 돌아오기를 바라고 하나님께서 200년이 넘도록 수 없는 선지자를 보내 돌아오기를 바랬지만, 보낸 선지자를 죽이고 달콤한 말로 현혹시키는 거짓 선지자만 쳐다보고 따르기에 하나님께서 바벨론 느부갓네살 왕에게 권세를 주시어 남유다를 치게 하니, 유다 왕과 방백들이 포로가 되어 70년을 노예처럼 생활하게 되었다.

그제서야 하나님을 경외하지 아니하고 미리부터 선지자의 말씀에 귀 기울이지 않았음을 후회하고 하나님께 매달리니, 하나님께서 예레미야 선지자로 하여금 이스라엘 민족을 위로하며 "나 여호와가 이같이 말하노라. 바벨론에서 70년이 차면 내가 너희를 권고하고 나의 선한 말을 너희에게 실행하여 너희를 예루살렘으로 돌아오게 하리라. 나 여호와가 말하노라 너희를 향한 나의 생각은 내가 아나니 재앙이 아니라 곧 평안이요, 너희 장래에 소망을 주려 하는 생각이라. 너희는 내게 부르짖으며 와서 내게 기도하면 내가 너희를 들을 것이요. 너희가 전심으로 나를 찾고 찾으면 나를 만나리라. 나 여호와가 말하노라 내가 너희에게 만나지겠고 너희를 포로 된 중에서 다시 돌아오게 하되 내가 쫓아 보내었던 열방과 모든 곳에서 모아 사로잡혀 떠나게 하던 본곳으로 돌아오게 하리라. 여호와의 말씀이니라 하셨느니라."

지수야. 지금 지수가 하고 있는 재수 생활은 고통과 고난의 시간들이지만 이게 네게 재앙이나 향후 두고두고 원망할 것이 아니고, 하나님께서 너의 장래에 소망을 주기 위함이고 평안을 주기 위한 큰 시련과 연단의 과정일 뿐이다.

그동안 지수가 너무 교만하지 않았는지, 자기 자신을 너무 과소평가하거나 과대평가하지 않았는지, 나만 아는 이기주의적인 생활만을 하지 않았는지, 매사에 불평불만만 가득하지 않았는지, 세상을 삐딱한 시선으로 쳐다보고 비판만 하지 않았는지, 그리고 항상 적극적으로 최선을 다했는지, 또 늘 모든 것에 감사하고 있는지, 이 모든 걸 다시 한번 되짚어 보고 나 자신을 성찰하고, 어떻게 하면 나 자신을 위하여서나 주위의 모든 분들을 위해서 긍정적이며 최상의 희망을 주는 사람으로 변화할까? 하는 아주 소중한 시기가 되어야 하고 또 그렇게 될 것이다.

하나님께서 분명히 "너희가 全心으로 나를 찾고 찾으면 나를 만나리라. 나 여호와가 말하노라 내가 너희에게 만나지겠고…" 하셨다. 하여질 것이다가 아니고 단정적인 확신이다. 반드시 만나고 만나진다는 확신을 우리에게 주시고 계시는 것이다.

단 전제 조건이 全心이라는 것이다. 일부가 아닌 전부를 요구하고 계시는 것이다. 지금 지수가 원하는 바를 재수 생활에서 얻으려 하면 공부하는 것처럼 해서는 안 된다. 하나님 말씀대로 全心을 다해서 뼈가 으스러지는 고통과 시련을 감내해야 한다. 그래야 하나님의 말씀대로 반드시 달성하고 얻을 수 있는 것이다. 그것이 하나님께서 우리에게 요구하는 것이다. 너희가 원하는 것을 얻으려면 전심을 다해 매달리고, 찾고 또 찾으라는 강한 메시지를 주시고 계시는 것이다.

2013년 5월의 첫날 지수를 기숙학원에 되돌려 보낸 다음 날에, 전심을 다 바쳐서 반드시 성공한 재수 생활을 완성할 우리 딸 지수를 생각하며.

· 대구에서 아빠가

스물여덟 번째 편지

지수야! 아빠다.

5월의 첫째 주 금요일이다. 5월은 계절의 여왕이라고도 하고 가정의 달이기도 하다. 그만큼 모든 날들이 따사로우며 화사하고 좋기만 한 날들이 많다는 이야기겠지.

아빠의 입장에서 보면 일하기 딱 좋은 계절이고, 농부의 입장에서 보면 씨 뿌리고 거름 주고 밭매기에 딱 좋은 계절이고, 공부하는 너희 입장에서는 춥지도 덥지도 않으니 공부하기에 딱 좋은 계절이고.

지수야. 아빠의 대학 동기 중에 류대열이란 친구가 있다. 삼성엔지니어링에 다니다가 Chain 없는 자전거 만들겠다고 회사 그만두고 회사를 차렸는데, 제대로 제품을 발매도 해 보지도 못

하고 부도처리가 되어 한동안 방황하다가, 지금은 SK건설에 다니고 있는 친구인데 대학 다닐 때는 아빠하고 상당히 친했지.

그런 친구가 사업에 실패하고 마음고생을 심하게 하고 난 뒤, 예수님을 알게 되고 신앙을 가지게 되었는데 지금은 아빠보다 더 골수 예수쟁이가 되어 있다.

그 친구가 아빠에게 거의 매일 긍정의 힘이라며 메일을 보내주는데 그 내용이 "우리의 생각에는 막대한 힘이 있다. 우리 삶은 평상시에 생각한 그대로 펼쳐진다. 항상 부정적인 생각만 하면 부정적인 태도가 우리를 잠식하고, 부정적인 사람과 사건만 우리 주변에 몰려든다. 항상 두려워하기만 하면 두려워했던 그 일이 그대로 일어난다. 우리 인생의 방향은 생각의 방향과 정확히 일치한다. 선택은 우리의 자유다. 마음에 떠오르는 모든 생각을 그대로 받아들일 필요는 없다." 등의 것이다.

나이 50이 넘은 아빠에게 거의 매일 이런 메일을 보내줘서 항상 마음가짐을 새롭게 해주는 친구가 있으니 얼마나 감사한지 몰라.

지수야. 우리의 삶이란 아빠 친구의 말처럼 우리가 평상시에 생각하고 꿈꾸는 그대로 이루어진다. 아이러니하게도 매사에 긍정적인 사람은 하나씩 하나씩 성취하는 모습을 보여주지만, 부정적인 사람은 옆에서 지켜보는 사람이 안타까울 정도로 모든 일이 엉클어져 간다. 잘될 것같이 거의 다했는데 결과를 보면 실패를 하고… 이런 것은 전부 생각을 긍정에 두느냐, 부정에 두느냐 딱 그 차이일 수밖에 없다.

성경 말씀에도 말에 권세가 있다고 했거든. 생각하지 않고 말이 되어 나오기는 힘든 법. 매사에 생각을 긍정적으로 하고 설사 부정적인 마음이 들려 하면 얼른 고쳐먹어야 한다.

생각을 긍정적으로 하고 말을 적극적으로 하는데 돈이 드느냐? 꿈을 거창하게 꾸는데 돈 내라 하나? 그럴 일 없거든. 항상 생각은 긍정적으로 꿈은 거창하게 또 말은 적극적으로 하는 사람이 되자. 아빠도 지수도.

2013년 5월 3일
대구에서 아빠가

스물아홉 번째 편지

지수야! 아빠다.

지수야! 5월의 둘째 주다. 어린이날도 있고, 어버이날도 있고, 스승의 날까지 있으니까 말 그대로 5월은 가정의 달이고, 모든 사람에게 감사하고 싱그러움을 전할 수 있는 달인 것 같다.

엊그제 아빠가 구미에서 직장 생활할 때 알았던 이형진 아저씨(형진이 아저씨 알지? 지난 연말에 수성못 앞 식당에서 세 가족이 같이 뷔페를 같이 먹었던 가족 중 나이가 제일 적었던 아저씨)가 카스로 하버드 도서관에 새겨진 30훈이란 내용을 보내 왔다. 지수에게 딱 맞는 내용인 것 같아 편지로 보낸다.

[하버드 도서관에 새겨진 30훈]

1. 지금 잠을 자면 꿈을 꾸지만 지금 공부하면 꿈을 이룬다.

2. 내가 헛되이 보낸 오늘은 어제 죽은 이가 갈망하던 내일이다.

3. 늦었다고 생각했을 때가 가장 빠른 때이다.

4. 오늘 할 일을 내일로 미루지 마라.

5. 공부할 때의 고통은 잠깐이지만 못 배운 고통은 평생이다.

6. 공부는 시간이 부족한 것이 아니라 노력이 부족한 것이다.

7. 행복은 성적순이 아닐지 몰라도 성공은 성적순이다.

8. 공부가 인생의 전부가 아니다. 그러나 인생의 전부도 아닌 공부 하나도 정복하지 못한다
   면 무슨 일을 할 수 있을 것인가?

9. 피할 수 없는 고통은 즐겨라.

10. 남들보다 더 일찍 더 부지런히 노력해야 성공을 맛볼 수 있다.

11. 성공은 아무나 하는 것이 아니다. 철저한 자기관리와 노력에서 비롯된다.

12. 시간은 간다.

13. 지금 흘린 침은 내일 흘릴 눈물이 된다.

14. 개같이 공부해서 정승같이 놀자.

15. 오늘 걷지 않으면 내일 뛰어야 한다.

16. 미래에 투자하는 사람은 현실에 충실한 사람이다.

17. 학벌이 돈이다.

18. 오늘 보낸 하루는 내일 다시 돌아오지 않는다.

19. 지금 이 순간에도 적들의 책장은 넘어가고 있다.

20. No pains No gains. 고통이 없으면 얻는 것도 없다.

21. 꿈이 바로 앞에 있는데 왜 당신은 팔을 뻗지 않는가?

22. 눈이 감기는가? 그럼 미래를 향한 눈도 감긴다.

23. 졸지 말고 자라.

24. 성적은 투자한 시간의 절대량과 비례한다.

25. 가장 위대한 일은 남들이 자고 있을 때 이뤄진다.

26. 지금 헛되이 보내는 이 시간이 시험을 코앞에 둔 시점에서 얼마나 절실하게 느껴지겠는가?

27. 불가능이란 노력하지 않은 자의 변명이다.

28. 노력의 대가는 이유 없이 사라지지 않는다.

29. 오늘 걷지 않으면 내일은 뛰어야 한다.

30. 한 시간 더 공부하면 남편 얼굴이 바뀐다.

다 한 번씩은 들어 봤을 것 같은 문구들이지? 근데 이렇게 다 모아 놓은 걸 보는 건 아빠도 처음이다. 하루 한 구절씩 마음에 꼭꼭 새기면서 공부하면 많은 도움이 되겠다.

네 엄마는 30번째 항이 제일 마음에 든단다.

자! 열공하고!

2013년 5월 7일에
대구에서 아빠가

서른 번째 편지

지수야! 아빠다.

5월이 엊그제 시작하나 했더니 벌써 중순이다. 여기 대구의 온도는 여름이 그리운 양 초여름 날씨로 30도를 오르내리고 있고.

어제는 어버이 주일이라 청도 할머니 댁에 다녀왔다. 93이란 연세 때문인지, 아빠가 클 때 너무 애를 먹여서 그런지, 이젠 귀도 잘 안 들린다 하시고 걸으시는 것도 영 어설프시더구나.

진웅이하고 엄마하고 할아버지 할머니 산소에 가서 밭에 올라온 대나무를 베어내고 근사미란 농약을 대나무 뿌리에 바르고, 할아버지 할머니 산소에 있는 잣나무의 잣을 따고 내려왔다.

언니는 요즘 약학 전문대학원 시험 준비하느라 여념이 없다. 네 언니만큼의 놀고지비가 같이 가자고 채근을 하는데도 안 가고 공부한다고, 교회 갔다가 학원과 도서관으로 갈 거라면서 유혹을 뿌리치는 걸 보면 좀 공부를 하나? 하는 생각이 든다.

그러면서 엄마에게 청도를 넘어가면서 아빠가 "지수 의대 가고, 여진이 약대원 가고, 진웅이 영재고나 과고 가면 우리 집 나름 이룰 건 다 이루네." 했더니 네 엄마 왈 "나는 덜 이뤘는데…" 하더라고 아빠가 "뭘?" 했더니 니 엄마 "난 그릇 더 사야 되는데?" 하는 거야. 어이가 없어서 아빠가 "으이그…" 하고 말았다.

지수야! 모든 일에는 "기대"라는 게 있다. 사람이 무슨 일이든 기대를 하지 않으면 좋은 일이 일어날 확률은 제로(0)이다. 기대하지 않으면 상황은 절대 나아지지 않는다. 기대하지 않는 사람은 준비도 하지 않는다. 기대하는 게 있고 무언가 간절히 바라는 게 있어야, 그 목적하는 기대치를 위하여 나름대로 노력도 하고 열정을 가지고 최선을 다할 수 있는 것이다.

그리고 늘 똑같은 수준의 기대를 하는 사람은 발전이 없다. 바라보는 게 언제나 동일한데 나아질 수가 없는 것이지. 기대치는 어제보단 오늘이 높아야 하고 오늘보단 내일이 높아야 한다. 그래야 그 사람의 삶에 발전이 있는 것이다.

농사를 짓는 사람이 가을을 기대하면서 씨앗을 뿌리고 많은 양을 추수할 목적으로, 거름을 주고 농약을 치고 여름 내내 최선의 노력을 기울여 땀을 흘리고, 뙤약볕 아래에서 온갖 고생을 다 하면서 애지중지 키우고 보살펴야 풍성한 가을걷이를 할 수 있지, 씨만 뿌려두고 가을 추수만 기대하고 있다면, 그 농부는 알맹이의 반은 쭉정이로 버리고, 반의 수확이라도 얻을 수가 있다면 다행일 것이다.

그러므로 사람에게는 큰 기대치가 필요하다. 그 사람의 기대치가 얼마나 크냐가 그 사람의 크기를 만드는 것이다. 기대치의 크기가 그 사람의 한계를 긋는 결정적인 요인인 것이다.

지수야! 기대치를 최대로 올리자. 오늘보다 내일, 내일보다 모레, 모레보단 그다음 날에 더 큰 기대치를 가질 수 있도록 하자. 그래서 우리가 목표로 하는 것이 우리의 기대치 아래에 있도록 하자.

그러면 지금의 이 노력과 인내와 연단은 아무것도 아닐 것이다. 자! 이번 한주도 아빠는 일로, 지수는 공부로, 최선을 다하고 각자의 기대치를 극상으로 끌어올려, 큰 꿈을 이루는 데 밑거름을 착실히 만들어가는 한 주가 되도록 하자.

2013년 5월 13일
대구에서 아빠가

서른한 번째 편지

지수야! 아빠다.

지수야! 어제 집에 가니 네 엄마가 또 지수가 공부가 안되니 하면서 학원을 옮겨 달라 한다고 하더구나. 아빠도 네 심정을 어느 정도는 안다. 하지만 그렇게 조급증을 내면 아무것도 안 된다.

지난번에 이야기했지만 공부란 놈은 조급증을 내고 껄떡댄다고 성적이 올라가지 않는다. 그런 것 다 포기하고 오로지 공부만 생각하고 모든 것 포기하고 올인할 때에라야 성적이 올라간다. 이러면 될 것 같고 저러면 될 것 같고… 여러 생각이 많지만 결국은 다 부질없는 짓이다. 아빠가 어찌 아냐고? 아빠는 경험을 해 봤기에 누구보다도 잘 안다.

부산의 큰엄마가 유독 아빠를 좋아하고 지수를 좋아하는지 알어? 하는 짓이 최가답게 했고, 할 것 같기에 좋아하는 것이다.

아빠 얘기를 좀 하마.

지수가 알고 있기는 아빠가 공고를 졸업하고 바로 한양대에 입학한 거로 알고 있지? 사실은 그게 아니다. 아빠 땐 박 정희 대통령이 공고나 상고 같은 실업계를 우선시하고 장려를 했기에, 특히 공고에 가면 등록금을 내지 않고 학교에 다닐 수가 있었다. 그래서 아빠도 네 큰아버지나 큰엄마께 등록금의 부담이라도 적게 드릴려고 공고를 진학했지.

근데 고2가 되니 대학에 가고 싶은 거야. 그래서 대학을 갈 방법이 없나 해서 알아보니, 공고생 및 상고생에게만 문을 열어놓은 특별전형이라는 게 있더라고. 단 전공은 고등학교 때 선택한 전공 즉 아빠의 경우는 기계공학밖에 안 된다는 게 흠이었고, 기능사 자격증이 있어야 되고, 과(일종의 이과, 문과) 석차가 20% 안에 들어야 추천을 받을 수 있다는 게 조건이었지만, 그게 어디야 대학을 갈 수 있다는데. 그래서 혼자서 열심히 인문과목 공부를 했지.

네 큰엄마께는 책 산다고 돈 달라고 해서 헌책 사고, 남은 돈으로 부산 서면에 있는 부산학원이나 서면학원에서 수학 그리고 물리, 화학, 생물, 지학 등의 강의를 한 시간당 4,500원을 주고 들었다. (영어는 일찌감치 포기했다. 도저히 따라잡을 수가 없어서)

그렇게 공부를 했지만 공고 졸업 후에 취업할 거라고 생각하실 네 큰아버지 큰엄마에게 대학을 가겠다는 말씀을 드릴 수가 없더구나. 그래도 공부는 했다.

그런데 아빠가 간과한 게 있었다. 자격증도 땄고 준비는 다 되었는데 인문과목 공부를 한다고, 실습을 좀 등한시했더니 과 석차가 20% 안에 들지를 않는 거야. 아빠 때는 예비고사 후에 본고사를 치고 대학을 가는 제도였는데, 아빠의 예비고사 점수가 전교에서 두 번째로 높았다. 특별전형 대상이면 예비고사 성적으로 전형을 해서 정규(4년제)대학에 가는데… 아빤 결국 과 석차가 나빠서 전형을 못 받게 된 거지.

그제서야 너희 큰엄마께 그간 이래저래 공부를 했는데 과 석차가 그래서 못 가게 됐다고 했더니, 그다음 날 너희 큰엄마 광호 오빠 업고 광민이 오빠 걸려서 아빠 학교에 와서 교감과 아빠 담임 선생께 우시면서 사정을 했다고 하시더구나. 결국 안 된다는 말만 들었다 하시더라만….

그리고 너희 큰엄마께서 진작에 대학 가고 싶었으면, 말을 하지 하시면서 "어떻게든 방법을 찾아봐라. 하고 싶으면 시켜줄게."
하시더구나.

그래서 특별전형은 포기했고, 본고사를 칠러니 영어 수학이
도저히 자신이 없고, 특히 영어는 중학교 졸업 후 수업다운 수업
은 한 번도 안 받아 본 처지라 도무지 자신이 없더구나.

방법이 없어서 아빠 학교의 수학 선생이셨던 김 진호 선생님
께 상담을 신청했다. 아빠가 수학을 집에서 풀다가 잘 모르면 찾
아뵙고 질문을 하고 했던 선생님이셨지.

솔직히 털어놨지. 대학은 가고 싶은데 본고사 시험을 치루려
니 자신은 없고, 또 되지도 않을 것 같고, 어떡해야 좋을지 모르
겠다고. 또 집에다 재수를 시켜 달라고 할 염치도 없고 그럴 처
지도 못 된다고. 그 선생님 아빠 얘길 다 들으시고 난 후에 "익히
네 형수님께서 학교에 다녀가시어 네 이야기는 다 알고 있었다."
라고 하시면서 "네 말대로 넌 지금 본고사를 치면 백발백중 떨어
진다. 인문계 학생들 아무리 농땡이를 쳐도 3년을 듣고 배운 게
있는데 못 따라간다. 그러나 네가 대학을 갈려면 방법이 없는 건
아니다. 네 말대로 재수도 한 방법이고. 네 스스로 집안 사정 때
문에 재수가 안 된다고 하니 그러면 이렇게 하자. 재수도 하지 않

고 4년제 대학을 가는 방법으로 하자." 하시면서 가르쳐 주신 그 방법이 무엇이냐 하면 "일단 2년제인 전문대학에 가라. 그리고 오로지 편입한다는 생각만 하고 시험과목인 영어 수학에 전력을 다해라. 그리고 편입학 조건인 기사 자격증은 2학년 초에 따라. 너는 공고에서 그런 조건을 가지고 공부를 해 봤기 때문에 가능할 것이다. 그리고 부정적인 생각하지 말고 된다는 가능성만 믿고 해라. 그러면 반드시 될 거다. 난 공고에서 널 봤기에 된다고 확신한다."라고 말씀해 주셨다.

그래서 아빠는 그 김진호 선생님 말씀대로 부산공전에 진학했고, 처음부터 오로지 편입에만 목줄을 맸다. 자다가도 벌떡 일어나 수학을 풀었고, 완전정복이라는 중학교 2학년 영어 참고서부터 성문종합영어와 토플에 이르기까지 영어 공부는 다시 했다. 밥먹을 때도 편입만 생각했고 화장실에 가도 편입만 생각했다.

목욕 좋아하는 아빠도 그때는 목욕하는 시간이 아까워 목욕도 잘 안 했다. 회의가 생기고 힘들 때는 수학 선생님께서 말씀해 주셨던 "부정적인 생각하지 말고 된다는 가능성만 믿고 해라. 그러면 반드시 될 거다." 그 말만 꼭꼭 씹었다. 그때 너희 큰엄마가 늘 "저카다가 아 하나 잡겠다." 하고 다니셨다.

그렇게 2년을 공부하고 나서 전문대를 졸업할 때는 아빠 손에 한양대 공대 기계공학과 편입학 합격통지서가 쥐어져 있었다.

그때 편입시험 치러 몇 명이 왔느냐. 백여 명 뽑는데 수천 명이 시험을 쳤다. 정규 4년제 대학을 다니다 편입시험을 치른 친구들도 다 떨어지는데, 아빠는 공고를 졸업하고 영어를 중학교 2학년 영어부터 다시 했고, 수학도 미적분이 뭔지도 모르고 로그가 뭔지도 모르던, 아빠가 수십 대 일이 넘는 경쟁을 뚫고 합격되더라고.

오로지 믿은 건 수학 선생님의 그 한마디 "부정적인 생각하지 말고 된다는 가능성만 믿고 해라. 그러면 반드시 될 거다. 난 공고에서 널 봤기에 된다고 확신한다." 그 한 말씀뿐이었다.

지금은 한양대 공대가 포스텍이나 연·고대에 밀릴지는 모르지만, 아빠 다닐 때만 해도 포스텍은 없었고, 연·고대 공대는 한양대 공대보다 한 수 아래였다. 그러니까 공대는 서울대 다음이 한양대였던 셈이지. (참고로 국립인 서울대는 편입이 없었다.)

발표 보고 공고에 가서 수학 선생님께 한양대 편입시험에 합격했다고 말씀드리고 펑펑 울었다. 그랬더니 그 선생님께서 "넌 될 줄 알았다. 2년이 언제 가나 그것만 세고 있었을 뿐이다."라고 하시면서 아빠 어깨를 토닥여 주셨다. 그걸로 다 해결했다. 그동안의 고통도 설움도, 공고 때 담임선생에 대한 원망도 뭐도 다.

그래서 너희 큰엄마가 아빠를 친동생처럼 생각하고 아끼고 좋아하시고, 유독 아빠 성질을 많이 닮은 널 "지수는 천상 최가다." 하시면서 좋아하시는 거다.

큰엄마께서 아빠에게 삐쳐 있을 때도 네 고추장을 챙길 정도로 너를 아끼고 좋아하시는 건 "반드시 뭔가를 할 거다."라는 확신을 가지시고 믿기에 그러시는 거다.

늘 이야기하지만 선생이 좋지 않아서 학원이 뭔가 이상해서 그런 건 없다. 본인이 추구하는 데에 몰입을 못 하고 있기 때문에 자꾸 그런 생각을 하게 되는 것이다.

내 목표가 분명하다면 나를 그 목표에 집어넣어야 한다. 목표를 내가 쥐고 흔드는 게 아니고, 목표가 나를 쥐고 흔들게 해야 한다.

공부하는데 내 자존심 세우면 공부를 못한다. 내가 하면 못 할 게 없다는 자신감은 있어야 하지만 나는 이런 스타일로 공부를 해야 잘 되는데 이런 고집은 세울 필요가 없다.

오로지 내 목표 그것만 생각하면 오는 잠도 저절로 없어지고,

책이 저절로 쥐어 있을 정도가 돼야 이룰 수 있는 것이다.

여기서는 안 되지만 다른 데 가면 잘될 것 같은데… 천만에 더 못하면 못했지 나아질 수가 없다. 집 안에서 새는 쪽박이 밖에서는 새지 말란 법 없고, 여기서 안되는 공부가 다른 데 가면 잘될 리가 없다. 오히려 적응하는 데 시간만 허비할 뿐이다.

공부에는 반드시 은근과 끈기가 있어야 한다. 그리고 집중 즉 몰입을 얼마만큼 하느냐가 관건이다. 다시 한번 이야기하지만 지수 네가 공부를 끌고 가려 하지 마라. 공부가 널 끌고 가게 만들어라. 네 몸을 공부에 집어넣어라.

그것만이 성공하는 길이다. 그리고 절대 부정적인 생각은 하지도 말고 말도 꺼내지 마라. 또 믿고 해라. 넌 반드시 된다. 너 자신에게 확신을 줘라. 그게 무엇보다 필요하다. 아빠는 반드시 그렇게 믿는다.

2013년 6월 14일
대구에서 아빠가

서른두 번째 편지

지수야! 아빠다.

지수야! 어제가 석가 탄신일이고 오늘이 5·18민주화운동이 일어난 지 33년이 되는구나.

5·18이 난 지 10년 되던 해에 아빠가 광주에 있는 금호타이어의 곡성공장에 타이어 검사 라인을 설계하고 설치 감리하러 간 다니까, 경상도 출신이 전라도 광주에 가면 맞아 죽는다고 가지 말라고 하던 걸 "사람 사는 데 사람이 가는 데 무슨 문제가 있냐? 다 같은 사람인데. 내가 못 갈 땅에 가는 것도 아니고 이역만 리 타국에 가는 것도 아닌데 뭐가 무서워 못 가냐?" 하고 광주로 내려갔던 게 엊그제 같은데 벌써 23년 전 일이네. 시간이 그 당시 는 몰라도 지나고 나니 참 많이도 흘렀구나 하는 생각이 든다.

지수야! 어제 아빠가 약국에서 잠시 TV를 봤는데 개그맨 이경규 씨가 진행하는 프로던데 제목은 모르겠고 "공감 대 비공감"으로 판정하는 무슨 예능 프로인 것 같아. 거기에 서상록 씨가 나왔는데(서상록 씨라면 지수가 잘 모를지 모르겠다. 전 삼미그룹 부회장이고 은퇴 후 롯데 호텔 웨이터로 재취업해서 직업의 귀천을 타파했다고, 또 권위주의를 철거했다고 한때는 대단한 호응을 얻어냈던 분이고, 그 뒤로 한국외국어대 부총장을 역임하고 그 뒤에 무슨 사회운동 비슷한 단체의 회장을 하시고 있는 것으로 알고 있다.) 그 서상록 씨가 자기가 대학 간 이야기를 하더라.

서상록 씨는 경북 경산 출생으로 9남매 중 막내아들이며 외아들이란다. 그러니 그 어머니가 얼마나 귀하게 키웠겠어. 늘 어머니 손에서 벗어나질 못하고 컸단다.

그렇게 자란 서상록 씨가 초등학교에 갈 나이가 되었는데, 그때나 지금이나 엄마들 마음은 매한가지인지, 어머니가 서상록 씨 큰누나에게 한글을 가르쳐 주라고 했단다. 누나 또한 귀한 동생이기에 열심히 가르쳤는데 6개월을 가르쳐도 한글을 깨우치지 못했단다. 그랬더니 그 누나가 "상록인 바보인가 봐. 도무지 가르쳐도 모르니 나도 인제 그만 가르칠래." 하고 화를 내고 그만두더란다. 근데 서상록 씨 어머니는 "지가 잘못 가르쳐 놓고 우리 천재 상록일 바보 취급한다."면서 오히려 큰누나를 나무라더란다.

그렇게 그렇게 해서 서상록 씨는 학교에 들어갔고, 열심히 공부했는데 어느 날 선생님께서 수업시간에 서상록 씨를 불러 내 산수 문제를 풀어보라 했는데, 풀고 나니까 선생님께서 서상록 씨를 보고 "상록인 천재다. 이 문제를 푸는 걸 보면." 해서 어린 서상록 씨를 천재의 반열에 올려놓더란다.

그래서 열심히 공부해서 고려대 정외과에 합격했단다. 근데 그즈음에 IQ 지수 테스트가 있어서 그걸 해 봤는데 서상록 씨 IQ 지수가 80대밖에 안 나오더란다. 그리고 IQ 지수가 80이면 기억력 수준이 진돗개 수준밖에 안 된단다.

그러니 방청석에서 "그 IQ 지수가 잘못된 거 아니냐?", "IQ 지수가 80밖에 안 되는 사람이 고려대 정외과를 갔다는 게 말이 되느냐?" 하고 난리가 났다.

그러자 서상록 씨 왈. "나도 의심스러워 두 번이나 측정을 해 봤어요. 그리고 나도 내가 IQ가 80 정도밖에 안 되는 것을 진작에 알았으면 공부 포기하고 다른 걸 했을 겁니다. 그런데 어머니와 선생님께서 천재라고 하시는 바람에 진짜 천재인 줄 알고 열심히 공부했습니다. 그리고 공부는 상대방이 책을 열 번 본다고 하면 저는 삼십 번 사십 번을 읽고 외우고 했습니다. 그랬더니 고려대 정외과에 합격하더군요."라고 말을 맺더라.

지수야! 공부란 그런 것이다. 자기가 자기 스스로를 믿고 열정을 가지고 은근과 끈기로 죽어라고 하면 답이 나온다. 남들이 5번 보면 난 10번 20번 보면 되고, 남들이 10번 보면 난 30번 40번 보면 된다. 다들 그렇게 하지 않고 나는 왜 안 되지? 나는 머리가 나빠서, 공부하는 방법이 틀려서 등의 핑계를 댄다.

공부엔 왕도가 없다. 자신을 믿고 줄기차게 하루하루 최선을 다하는 것 이외에는 달리 왕도가 있을 수 없다. 찬란한 미래를 꿈꾸면 오늘을 최선을 다해 살면 된다. 오늘이 하루하루 모여 내일이 되고 내일이 하루하루 모여서 미래가 된다. 지나간 어제는 생각할 필요가 없다.

어제에 매이면 과거를 생각하게 되고, 과거를 생각하다 보면 미래의 꿈을 접기 쉽다. 그래서 현명한 사람은 과거보단 미래를 바라고, 미래를 바라는 사람은 오늘 하루를 최선을 다해 살려고 한다.

최지수! 오늘 하루도 최선을 다하자! 그래야 지수의 찬란한 내일이 확보되고 열려질 거니까.

자! 그럼 오늘도 파이팅!

2013년 5월 18일
대구에서 아빠가

서른세 번째 편지

지수야! 아빠다.

5월도 20일을 넘기고 말로 가는구나. 어젠 오랜만에 비가 와서 메말랐던 봄의 대지를 촉촉이 적셔 푸르름이 더욱 힘을 얻어서인지, 구미공장을 가면서 지나가는 산을 보니 푸르름이 한창 더하더구나.

아빠 회사에 시작했던 세무조사도 이번 주와 다음 주만 지나면 끝이 난다. 7주란 기간이 결코 짧은 기간이 아니네. 그것도 조사를 받으며 현업은 현업대로 챙기고 진행을 시켜야 하니 부담은 이중이고. 얼마나 세금을 추가 징수 당할려는 지는 모르겠지만 회사 직원들이 피땀 흘려 번 돈을 세금으로 낸다고 생각하니 배가 아프다. 이미 세금 낼 꺼 다 냈는데 추가로 더 낸다고 생각하니 더더욱 배 아프고.

이 정부는 중소기업이 잘되도록 하는 정부가 되겠다고 하더니 말로만 그런 모양이다. 표를 얻기 위해서 복지를 그렇게 떠들어대더니만 이제 그를 뒷받침할 재정이 없으니…. 대기업은 준비가 잘 되어있어서 징수하기가 쉽지 않을 것이고, 만만한 게 중소기업이니 일단 두드려서 세수부터 확보하고 보자는 식인지 알 수가 없구나.

어쨌건 두 주만 가면 마무리가 되니 결과를 보면 알겠지. 나름대로 그동안 최선을 다했으니 좋은 결과가 나오리라 생각하고 믿고 있다.

지수야! 우리가 힘들 때 거의 모든 사람들은 '내가 왜 이런 처지가 되어야 돼?' 하고 인정을 하지 않으려고 한다. 하지만 그걸 인정하지 않아도 지금 자신이 처해져 있는 상황은 변하지가 않는다.

그러면 어떡할 것이냐? 인정하지 않는다고 처해진 상황이 변하지도 않는 거고. 그러면 최대한 그 상황을 빨리 효과적으로 벗어나기 위해서 발버둥을 치고 몸부림이라도 쳐봐야 되는 것 아니겠어? 자포자기하는 마음으로 그 상황에 몸을 맡겨 버리면 그 사람은 힘들고 어려운 상황을 조기에 효과적으로 벗어나지 못

하고 오만 고생을 할 것은 뻔한 일이잖어? 어찌어찌 운이 좋으면 벗어날 수도 있겠지만 인생을 운에 맡기고 살기엔 너무 무책임한 게 아닐까?

자! 지수야! 우리는 지금 어떻게 하고 있을까? 아빠는 회사 생활을 하면서 지수는 재수 생활을 하면서 각자의 생활에서 최선을 다하고 있을까?

스스로 "난 최선을 다하고 있어!" 하면서 자기 위안을 삼으며 스스로를 격랑의 파도 속에 던져 넣지 않고, 파도의 가장자리에서 파도가 너무 세고 높음만을 탓하며 건너려는 마음을 자꾸 위축시키고 있는 건 아닐까?

아빠는 오늘도 회사 일에 대해서는 아빠 스스로에게 되물어 본다. 회사 사원들에게 회사를 대표하는 대표로서 믿음을 주고 있는가? 또 고객들께 대명이라는 회사 이름을 새기고 신뢰를 할 수 있도록 노력을 하고 있는가? 그리고 사원들 개인의 안전과 사원 가족의 생활의 안정을 위해 최선을 다하는가?

아빠가 회사 생활을 하면서 제일 중요시하는 게 첫째는 회사의 사원들과 사원 가족분들, 둘째는 회사의 고객분들, 셋째는 고객분들께 신뢰받는 회사의 제품들이다. 이 세 가지 중 어느 하나라도 삐끗하면 회사는 발전할 수가 없고, 어쩌면 존재할 수가 없을지도 모른다. 그래서 아빠는 이 세 가지를 놓치지 않으려고 항상 노심초사하고 있다.

그러면 지수는 재수 생활을 하면서 매일매일을 어떻게 보낼까? 첫째도 공부, 둘째도 공부, 셋째도 공부, 넷째도 공부 이런 식일까? 아니면? 또 만약 이런 식이라면 얼마나 효과적으로 시간 배정을 해서 내게 맞게 공부방법을 선택해서 열정을 다해 집중하고 몰입을 하고 있을까?

공부는 몰입이 굉장히 중요하다. 사람이 좋아하는 일은 하면 금방 시간이 가지만 그렇지 않으면 시간이란 게 참 안 간다. 그게 몰입이라는 거다.

누군가가 그러더구나. 서울까지 가장 빨리 가는 방법은? 물으니 어떤 사람은 KTX, 어떤 사람은 비행기, 어떤 사람은 총알택시, 어떤 사람은 헬리콥터 등 여러 가지 답이 나왔는데. 정답은 가장 좋아하는 사람하고 같이 타고 가는 것이란다. 왜냐 그 시간이 사람에게 제일 짧게 느껴진다는 거야.

지수가 서울까지 KTX를 타고 가는데 옆에 장동건을 찜 쪄먹을 만큼 잘생긴 남자와 정답게 이야기하면서 가면 서울역까지

금방 가겠지만, 옥상에서 떨어진 메주도 아니고 못생긴데다가 지저분하고 냄새까지 풀풀 나는 남자가 옆에서 같이 앉아 간다고 하면, 자리에 앉아 있는 게 고역이고 그 시간은 엄청 길 것이다.

지수가 지금 그런 상황이다. 의대로 가는 재수라는 KTX를 탔는데 공부가 장동건이와 같은 미남으로 느껴져 같이 가는 게 마냥 기쁘면 더없이 좋은 재수 생활이 될 것이고, 못생긴데다가 지저분하고 냄새까지 풀풀 나는 남자가 옆에 앉아 간다고 생각이 들면 네겐 고역일 것이다.

그러면 빨리 그 공부가 장동건이와 같은 미남이 될 수 있도록 네 마음을 바꿔야 한다. 그래야 네 재수 생활도 건강해지고 즐거울 수가 있다. 이미 지수는 그럴 것이라 생각하지만 아빠가 노파심에서….

자! 최지수! 이번 주도 열심히 하고.

2013년 6월 21일
대구에서 아빠가

서른네 번째 편지

지수야! 아빠다.

지수야!

아빠는 어제 네 전화를 받고 실망을 금하지 않을 수가 없었다. 그 정도 의지를 가지고 재수를 하겠다고 했는가? 그러면서 고3 때부터 재수를 하겠다고 그 난리를 피웠는가? 내 딸의 수준이 이 정도인가?

부정적인 이야기는 생각도 하지 말고 입 밖에 내지를 말라고 했는데, 그걸 못 이겨내고 기숙학원이 나하고 맞지 않아서를 핑계로 삼아 본인의 노력 부족을 덮으려 하는 무책임한 아이인가? 별의별 생각으로 밤잠을 설쳤다.

必死의 覺悟로 임하면 안 되는 게 없건만 누구보다도 아빠는 해봐서 안다고 되더라고 충분히 설명했건만… 앞으로 집에 휴가 올 생각하지 말고, 죽이 되든 밥이 되든 기숙학원에서 끝장을 봐라. 그리고 다시 한번 더 기숙학원을 옮기느니 어쩌니 하는 말이 아빠 귀에 들리면, 그날로 최지수는 재수할 의지가 없다고 생각하고 아빠도 지원 포기한다.

애당초 지수가 고3 때 재수한다고 할 때, 재수라는 게 만만치 않다고 네 말대로 쉬운 게 아니라고, 아빠가 수없이 설명도 했고 혼도 냈었다. 그런데도 네게 재수의 기회를 준 건 네가 평생을 두고 후회를 할까 봐. 그래서 나중에 그것이 네 삶의 한 부분에 응어리로 남을까 봐. 그래서 너무 억울해 할까 봐서 기회를 줬는데 ,그 기회를 학원 핑계 대고 선생 핑계 대고 하는 것 보면, 아직 철부지 생각을 못 벗어나고 누군가에게 책임을 전가하고 싶은 거라고밖에 생각할 수가 없다.

재수하는 입장에서 우선 나오는 성적도 중요하겠지. 그러나 그보다 중요한 건 "내가 왜 재수를 하고 있나?"를 아는 것이다. 그 목적을 알고 그 목적에 충실해야 된다. 근데 목적은 어디 가버리고 없고, 순전히 점수에만 매달려서 전전긍긍하면, 그건 목적지 없이 바람 부는 방향대로만 돛을 돌리는 것과 다를 바가 없다.

즉, 배는 앞으로 가는데 어디로 가는지 모르고 가는 거지. 그러니까 바람 부는 데로 배가 이리 갔다 저리 갔다 할 뿐이다. 부질없이 바쁘기만 하고 정신만 없는 거지. 그러다 암초를 만나거나 모래언덕을 만나면 오도 가도 못하고.

공부란 게 조급해한다고 바빠한다고 되는 게 아니다. 끝까지 인내심을 가지고 최선을 다하는 것. 진정 간절한 마음으로 공부에 임하고, 그게 켜켜이 쌓여야 제 실력이 되고 그래야 흔들리지 않고 변함없는 성적이 나오는 거다.

순간순간 팔딱댄다고 성적이 올라가나? 절대 안 올라간다. 조급해하면 더더욱 안 올라간다. 그게 성적이고 공부다. 다시 한번 어제와 같은 전화로 아빠 엄마를 실망시키면 모든 것을 포기하는 것으로 알고 지수의 재수 생활은 여기까지로 알겠다.

그렇지 않다면 앞으로 휴가 때가 되어도 집에 오지 말고 그곳에 남아 공부해라. 앞에도 말했지만 죽이 되든 밥이 되든 기숙학원에서 끝장을 봐라.

아빠 대학 시절 방학 때 한 번도 집에 내려온 적이 없다. 외롭고 배고프고 춥고 힘들지만 나만 믿고 바라보시는 너희 큰아버지 큰엄마를 생각하고, 또 내가 잘돼야 네 사촌 오빠들에게 본이 된다는 생각에 오로지 공부에만 매달렸다.

그런 의지와 독함이 없다면 내려오고, 또 네 장래를 포기해도 좋다.

2013년 5월 24일
대구에서 아빠가

서른다섯 번째 편지

지수야! 아빠다.

지수야! 지난 주일 기숙학원의 홈 커밍데이 때 밝은 네 모습을 보니 한결 마음이 놓이더구나. 그래 시험이란 그런 거야 공부 또한 그런거고. 열심히 하고 최선을 다하면 성적은 그 보답으로 나타나게 되어 있는 거야. 너무 조급해하고 안절부절못하면 될 일도 안 되고 안 될 일은 더더욱 안 되는 법이다.

이제 6평에서 좋은 결과를 얻었으니 좀 더 노력해서 네가 원하는 의대를 갈 수 있도록, 조금만 더 힘을 내고 열정을 불태우자구나.

출애굽기 17장에 보면 모세가 이스라엘 족속을 이끌고 신 광야를 거쳐 르비딤에 이르렀을 때 아말렉 족속과 한판 싸움을 하게 되는데 이때 모세가 여호수아에게 이르기를 "사람들을 택하여 나가서 아말렉과 싸우라. 내일 내가 하나님의 지팡이를 잡고 산꼭대기에 서리라." 한다. 해서 여호수아가 모세의 말대로 아말렉과 싸우는데, 모세가 산꼭대기에서 하나님의 지팡이를 든 손을 높이 들면 이스라엘이 이기고 모세가 피곤하여 팔을 내리면 여호수아가 이끄는 이스라엘이 지는 거야.

그래서 모세와 같이 산꼭대기에 올라간 아론과 훌이 모세를 바위에 앉게 하고, 아론과 훌이 한 사람은 우편에서 한 사람은 좌편에서 모세의 손을 붙들어 올렸더니, 그 손이 해가 지도록 내려오지 않아 여호수아가 칼날로 아말렉과 그 족속들을 파했다는 말씀이 나온다.

지수야! 공부를 하다 보면 마찬가지로 팔을 든 모세와 같이 피곤하면 지치고 힘들어서 팔을 내리고 싶어진다. 그게 사람이고 또 누구나 다 그러하거든. 이때 모세의 팔을 들어준 아론과 훌같은 이가 있어 줘야 하는데 기숙학원이란 데서는 있을 수가 없지.

그러나 지수야 생각을 약간 바꾸면 어떨까? 피곤에 지친 네 팔을 들어줄 수 있는 사람을 멀리서 찾지 말고, 바로 너와 함께 선의의 경쟁을 하고 있는 네 학원 동기들을 한쪽 팔을 들어줄 우군으로 생각하고, 또 한 우군은 네가 공부 잘하고 견뎌내게끔 용기를 주시고자 애쓰시는 학원 선생님들을 또 다른 네 한쪽 팔을 들어줄 우군으로 생각하면… 그러면 지수 옆에 아론과 훌 같은 이가 늘 같이 있는 게 아닐까? 그리고 멀리서 늘 기도로 응원하는 가족들이 있고….

지수야! 팔이 내려오면 싸움에서 진다. 그러면 무조건 팔이 내려오지 않게 해야 한다. 그래야 싸움을 이기고 기록을 남길 수가 있다. 팔에 힘을 주고 다시 한번 더 높이 들자.

완전히 이기는 그날까지. 지수! 파이팅!

2013년 6월 18일
대구에서 아빠가

서른여섯 번째 편지

지수야! 아빠다.

지수야! 비 온 뒤에 땅이 더 굳어진다더니 비 온 뒤에 더 무더워진단 말이 더 실감이 날 것 같은 그런 날들이 연속되는구나. 30도 넘는 것은 아주 양호한 거고 35도를 예사로 오르내리니, 올여름 또 어떻게 이겨 내나 이게 아득하고 걱정이구나. 이제 여름의 시작인데 이 여름 어떻게 버텨내나 전기도 마음대로 못 쓰게 하는 판국에… 그래도 이 더위에 열공할 우리 딸을 생각하며 올여름도 건강하게 이겨내야겠지?

지수야. 세상이란 게 그렇단다. 시계를 한번 봐라. 어떤 것은 시곗바늘이 두 개인 것도 있고 세 개인 것도 있지만, 어쨌든 초침 분침이 돌아야 시침이 돈다. 초침 분침이 안 도는데 시침이 돈다면 그 시계는 이상한 나라의 시계이거나 고장 난 시계이고, 초침 분침이 도는데 시침이 안 돈다면 그 시계도 반드시 고장 난 시계 이다.

즉 모든 게 선행될 것은 선행이 되고 따라 나중에 이루어질 것이 이루어지는 거지, 순서가 뒤바뀌거나 어느 하나가 안 되었 는데 이루어지거나 완성이 되었다면 그건 반드시 어그러지거나 고장이 난다.

그러니 지수야. 마음만 조급해서 서두르지 말고 차근차근 이 루어 가야 한다. 급히 갈려고 하면 자연 서두르게 되고 그러면 덤벙대기가 쉽다.

옛말에 '호랑이에게 물려가도 정신만 차리면 산다.'라는 말 있지. 그게 틀린 게 아니다. 급할수록 다시 한번 챙겨보고 내게 뭔가 빠진 게 없는지 되돌아보고, 그러면 우왕좌왕도 하지 않고 실수도 줄일 수 있다.

우리 최가 성을 가진 사람들이 보면 좀 차분하지 못한 구석 이 있다. 게다가 성질 또한 급하고… 그러나 공부를 할 때는 절대 서두르면 안 된다. 차분히 차근차근 하나하나 정리해 가면서 머 리에 정리해 차곡차곡 채워야 그게 진정한 실력이 되는 것이다.

더운 날씨지만 더욱 열공하고, 아빠 또한 우리 딸 생각하며 열심히 일하마. 여름 잘 이겨내고! 파이팅!

2013년 7월 10일
대구에서 아빠가

서른일곱 번째 편지

지수야! 아빠다.

지수야! 여기 대구는 여전히 덥구나. 장마라 하면서 서울, 경기에만 비를 잔뜩 뿌리고, 대구에는 장마의 시늉도 제대로 내지 않고 그냥 북쪽으로 가더니 내려올 줄을 모르고, 아마도 올 장마도 대구는 여기서 끝인가 보다.

그래도 양지는 경기라 비가 제법 와서 여기처럼 그렇게 덥지는 않겠지? 또 모르지 비 오고 난 뒤 더워지면 습도로 인해 더 후덥지근해질지는….

어제 메가스터디 모의고사더구나. 항상 얘기하지만 일희일비하지 마라. 못 쳤다고 너무 억울해할 필요도 없고 잘 쳤다고 졸싹댈 이유도 없다. 모의고사는 말 그대로 모의고사일 뿐.

현재의 내 능력과 부족한 부분을 확인하고 그것을 어떻게 보충 보완해서 여하히 실전에서 확실하게 잡을까? 그것만 고민하고 그것을 해결하는 데 총력을 기울여야지. 모의고사 시험 좀 잘못 쳤다고 온 인생을 다 살은 양 울적해 하거나 침울해할 필요는 전혀 없다.

다시 한번 말하지만 모의고사를 치르고 난 뒤의 행동이 더 중요하다. 그래야 실전에 강해질 수 있다. 운동도 마찬가지 연습 때 잘해 보려고 헛발짓하고 온몸이 만신창이가 되도록 연습장에서 뒹군 놈이 실전에 가서도 몸 안 사리고, 이리 뛰고 저리 뛰고 해서 좋은 성적을 내지. 얌전히 공이 와 줘서 골대에 공만 넣던 놈은 실전에 가면 제 몸 사리느라 상대 선수가 대시해 오면 지레 겁이 나서 주눅이 들어 주어진 기회를 흘려보내 버리는 수가 많다. 그러니 항상 연습 때는 이리도 치이고 저리도 치이는 법이니까 모의고사 하나에 목숨 걸은 인생처럼 너무 집착하지 마라.

아침에 결재하고 회사의 메일을 다 확인하고 메일을 뒤지다 보니 피겨여왕 김연아 선수가 한 말이 인터넷에 올라와 있더구나. 아빠보다 한참 어린 이제 네 언니 정도의 나이인데 너무 멋진 말이 적혀 있어서 한번 놀라고 내용을 읽고 또 한 번 놀랐다.

아빠가 설명해 봐야 또 아빠의 잔소리다 할 거고, 해서 원문을 겨우 복사해서 보낸다. 한번 읽어보고 우리 딸도 이런 강인하고 노력하며 최선을 다해서 이루고자 하는 것은 반드시 기필코 이루어 내고 마는 그러한 사람이 되었으면 한다. 절대 포기하지 않고 끈질기고도 악착같은 그러한 강한 생존력과 복원력을 가지는 강인하며 꿋꿋한 우리 딸 지수를 생각하며.

2013년 7월 18일(제헌절 익일)
대구에서 아빠가

PS. 아래 복사 글은 반드시 읽어봐.

올림픽 2연패에 도전하는 '피겨여왕' 김연아(23)는 점프의 교과서로 불리운다.

또한 채점 규정이 강화됐지만 늘 가산점을 몰고 다닐 만큼 기술력도 우수하다. 정확한 에지(스케이트날) 사용과 뛰어난 비거리를 앞세운 점프는 경쟁 선수들보다 한 차원 높은 수준이다. 그래서 국제빙상경기연맹(ISU) 피겨 심판 교육에서도 모범사례로 꼽는다.

그녀의 '명품 점프' 비결은 무엇일까. 답은 간단하다. 끊임없는 훈련과 피나는 노력의 산물이다. 그녀는 이 같은 과정을 이렇게 그녀는 차디찬 빙판에서 수만 번의 점프와 함께 엉덩방아 찧기를 반복하며 완벽할 때까지 자신을 담금질했다.

척추가 휘고 골반이 틀어지는 등 고통이 따랐지만 강한 의지로 자신의 한계점을 훌쩍 뛰어

넘었다. 그녀는 이 같은 과정을 이렇게 말한다.

"훈련을 하다 보면 한계가 찾아와 가슴속에서 '이 정도면 됐어' 하는 속삭임이 들린다. 이때 포기하면 하지 않은 것과 다를 바 없다. 99도까지 열심히 올려놓아도 마지막 1도를 넘기지 못하면 물은 끓지 않는다. 물을 끓이는 것은 마지막 1도다. 이 순간을 넘어야 내가 원하는 세상으로 갈 수 있다."

그녀가 올림픽을 제패하고 세계 최고의 자리를 유지할 수 있는 이유를 잘 보여주는 말이다.

사실 그녀는 밴쿠버 올림픽 금메달 이후 심리적 공허감으로 인해 진로가 불투명했다. 은퇴와 선수 생활 연장을 놓고 고민 끝에 '유종의 미'를 생각하며 소치 올림픽 출전을 결심했다.

그때가 지난해 7월. 그녀는 2013년 3월 열리는 소치 올림픽 전초전인 캐나다 세계선수권을 위해 자신을 다시 빙판에 던졌다.

대회까지 8개월밖에 남지 않아 주위에선 우려의 목소리도 나왔다. 하지만 지독한 연습벌레인 그녀는 이 대회에서 압도적인 금메달을 목에 걸며 자신의 진가를 유감없이 과시했다.

우리 인생에서 고통 없이는 아무것도 얻지 못한다. 우리는 취업과 승진, 그리고 부와 명예를 얻기 위해 자신의 능력을 쏟아붓는다. 각자의 노력으로 99도까지 올릴 수 있다. 남은 것은 자신의 한계로 여겨지는 1도다.

이곳이 '나는 안 되나 보다'며 쉽게 포기하고 좌절하는 지점이다. 하지만 새로운 마음과 각오로 계속 두드린다면 높아만 보이던 벽도 무너지기 마련이다. 그것을 뛰어넘어야 자신의 원하는 바를 이룰 수 있다.

여왕의 귀환.

봄에 활짝 핀 꽃은 청초하면서도 아름답다. 아마도 겨울의 모진 한파와 시련을 극복한 강인함이 숨어있기 때문일 것이다.

이제 자신의 한계라고 생각하는 지점에서 힘차게 한 발자국 나가 보자. 열심히 노력하는 사람들을 위한 새로운 세상이 시원하게 펼쳐져 있을 것이다.

- 김연아, <물을 끓이는 것은 마지막 1도다. 이 순간을 넘어야 내가 원하는 세상으로 갈 수 있다>

서른여덟 번째 편지

지수야! 아빠다.

지수야! 요즘 더위가 계란찜 쪄 먹을 일이 있는지 무지 덥구나.

어제 군위 농장에 갔다가, 네 외할아버지 밭에 고추를 좀 따 주고 올까 해서 고추를 따다가 30분을 못 채우고 땀으로 목욕만 실컷 하고 나왔다. '그놈의 고춧가루 사 먹고 말지.' 하면서….

어제 그래도 고추 따면서 보니까 더워도 고추잠자리는 많이 도 날아다니더구나. 그래서 이제 이 여름도 기승을 부릴 날이 며칠 남지 않았음을 알게 되었지. 누구나 막바지에는 기를 쓰고 마지막 있는 힘을 다할 것이니, 여름 또한 그렇게 만만치 않음을 우리에게 보여주려고 하는 거겠지.

진웅이는 선풍기를 끌어안고 산다. 그것도 팬티 바람으로….

지수야! 아빠가 요즘 읽고 있는 책의 내용 중에 장돌뱅이에 대한 이야기가 나온다. 지수는 어릴 때 보지를 못했기 때문에 장돌뱅이라 하면 알런지 모르지만 보부상이라고도 하고 등짐장수라고도 한다.

요즘이야 상설시장이 있어서 물산(상품)의 왕래가 바다는 배로 육지는 기차나 차량으로 하지만, 옛날에는 물산도 많지 않았을뿐더러 시장도 상설시장이 없고, 오늘은 청도장 내일은 군위장 모레는 영천장 이런 식으로 장돌뱅이들이 물산을 등짐으로 지고, 이 시장 저 시장 돌아다니면서 물산을 파는 수밖에 없었다.

그러니 등짐을 진 장돌뱅이가 얼마나 힘이 들었을까? 그러니 다들 빌붙어서는 살아도 장돌뱅이는 안 할라꼬 했다고 하더구나.

그래서 놀부전을 보면 흥부가 제 형수에게 밥주걱으로 뺨 맞으면서 거기 붙은 밥풀 뜯어 먹고, 형수 이쪽 뺨도 하면서 뺨 내밀고, 죄지은 자 대신에 맞아주는 벌매는 맞으면서도 장돌뱅이 하러 갈 생각은 추호도 하지 않잖아.

그리고 백제의 가사인지 모르지만 정읍사를 보면

저기 오는 저 길손아

우리 주인 안 오던가

오기사 오데만은 칠성판에 누워 오데

애고 답답한 내 속이야

올라갈 때 이승 같고 내려올 때 저승이라

장삿길이 급하나마는 죽지 말고 살아오소

장삿길 한번 가면 살아서 올지 죽어서 올지 모르니 그 부인의 속이야 말로 다 못했겠지. 그러니 누가 하려고 했겠으며 시키려 했겠어.

근데 그것도 살아가는 생업이거든. 장돌뱅이로 큰돈을 번 사람들이 옛날에는 개성상인들과 의주상인들이 있었으며, 근대에는 지금 두산그룹의 창업자이신 박승직이란 분도 송파장을 오가는 장돌뱅이였다고 하고. 내가 지금 장돌뱅이에 대해서 설명할려고 한 게 아닌데….

좌우간 그 장돌뱅이들에게도 내려오는 말이 "힘든 고개가 있어야 장사가 잘된다."란 말이 있단다. 그 얘기가 뭐냐 하면 장돌뱅이가 등짐을 지고 험한 고개를 넘으려면 얼마나 힘이 들겠어? 우리 같은 사람은 맨몸으로 가도 헥헥 댈 텐데 등에 고개 넘어 팔

물건들을 잔뜩 짊어지고, 고개를 넘으려고 하면 한 발자국인들 제대로 떨어질까?

확 집어 던지고 맨몸으로 훨훨 가고 싶은 마음, 아니 이 험한 고개를 넘지 말고 쉬운 대로 가고픈 마음, 오만떼만 가지 생각과 마음이 교차하지 않겠어.

그러나 고개 넘어서 장사를 할 생각만 하고 또 잘 팔 수 있을 거란 희망만 갖고 가니, 그 고개 넘는 것이 그리 힘든 게 아닌 거라.

특히 고개가 험하다 보니 장돌뱅이도 사람인지라 험한 길을 두려워하는 사람들은 아예 고개를 넘을 생각을 하지 않고, 다른 장터로 가버리니 경쟁도 적어지고 그러니 얼마나 신나게 장사가 되겠어. 이걸 생각하니 장돌뱅이 고개 넘는 게 아무것도 아닌 게야. 그 험한 고개 넘으면서도 그저 콧노래가 나고 신명이 나서, 손님들에게 어떻게 하면 물산의 우수성을 알리고 차제에 또 와서 장사할 단골 손님을 많이 만들까? 그리고 다음엔 어떤 물산을 가지고 올까? 그 생각만 하면 그저 어깨에 힘이 솟고 다리에 힘이 솟구치는 게지.

지수야! 공부도 마찬가지다. 힘든 고개가 있어서 그걸 넘어야 값진 열매를 얻을 수 있는 거야. 그리고 그 고개를 넘을 땐 앞으로 내게 일어날 즐겁고 영광스럽고 찬란한 일을 눈앞에 그리며 흐트러짐이 없이 가는 거야. 누구도 못 오고 포기하는 그 길을 나는 꿋꿋이 했노라고. 그래서 난 지금 웃을 수 있노라고. 그게 공부고 그게 삶이며 인생이다. 남이 못 넘는 고개를 넘어야 내게 영광과 찬사가 주어진다.

오늘의 이 더위도 넘어버리자. 자! 지수야! 힘내고. 파이팅!

2013년 8월 12일 말복날
대구에서 아빠가

서른아홉 번째 편지

지수야! 아빠다.

8월의 마지막 날이구나.

그렇게 기승을 부리던 더위도 가는 시간 앞에서는 어쩔 수가 없었던지 제 수명을 다하고 가을의 풍성함을 위해 자리를 비켜 주는구나.

세상의 모든 일이 그러하듯이 苦盡이 있으면 반드시 甘來가 있는 법, 무더운 여름이 있었으면 풍성한 가을이 뒤따라옴은 자연이 우리에게 가르쳐 주는 진리인 것이다.

우리가 그를 모르고 그냥 편한 길, 평범한 길을 가려고 하고 그를 원하다 보니 힘듦이 겁나고 가시밭길을 가기가 두렵고 가기 싫은 것이지.

정글도 어느 누가 먼저 길을 내어 놓으면 그다음에 가는 사람은 가기가 쉬운 법이다. 절대 평범한 길을 가면서 세상의 모든 영광을 안을 수는 없는 법이지.

탈무드에 보면 '성공의 문을 열려면 밀거나 당기거나 해야 한다.'라는 말이 있다. 성공의 문이라는 게 그저 문 앞에 서 있기만 해도 자동적으로 열리는 자동문이 절대 아니라는 이야기이다.

지수야! '마중물'이란 게 있다. 지수가 어릴 때 의성의 시골에서 자라기는 했지만 너무 어렸기 때문에 기억이 별로 없을 것인데….

요즘이야 수도꼭지만 돌리면 물이 콸콸 쏟아지니까 쉽게 식수나 설거지물을 쉽게 얻을 수 있지만, 아빠가 클 땐 동네 공용 우물에 가서 두레박으로 물을 담아올려서 물동이에 부어, 즉 물동이로 물을 길어와야 식수나 설거지물 그리고 소죽을 끓일 수 있는 물을 얻을 수가 있었다.

그러다 아빠가 중학교 다닐 때쯤 들어온 게 이 공용우물에 뚜껑을 덮고 펌프를 설치했는데, 이 펌프는 손잡이를 상하로 저으면 물이 나오는 구조로 되어 있었다. 이게 신기해서 아빠와 아빠 또래의 친구들은 이 펌프로 물을 퍼서 물 뿌리기 장난도 하고 그랬던 기억도 있고.

그런데 이 펌프 옆에 보면 커다란 물통 하나와 바가지가 준비되어 있는 걸 볼 수 있는데, 이 물통에 담겨 있는 물은 물을 퍼다 보니 남아서 이 물통에 보관하는 게 아니고, 앞에 아빠가 말한 '마중물'의 보관 물통이다.

옛날의 펌프는 진공이 제대로 잡히지 않아 물을 퍼고 장시간 그대로 두면, 물이 자중에 의해서 우물 바닥까지 물 표면이 내려가 버린다. 요즘처럼 진공기술이 좋으면 Sealing이 잘되어 물 표면이 펌프 내에 유지가 되도록 하겠지만, 주물로 대충 만든 펌프에 고무 Packing을 사용한 것이라, 제대로 Sealing이 되어 진공이 잡힐 리가 만무했다.

그러니 이때 진공을 잡아 아래의 우물 바닥에까지 내려가 있는 물을 끌어 올리려면, 펌프에 물을 한 바가지 부어서 Sealing이 되게 하고, 펌프의 손잡이를 상하로 힘차게 저어야 진공이 잡혀 우물 바닥의 물이 펌프를 통해 지상으로 올라오게 된다.

이때 펌프에 부어주는 한 바가지의 물을 '마중물'이라 했다. 이 마중물은 보통 한 바가지를 썼는데 부족하면 두 바가지를 쓰기도 했다.

그리고 이 마중물을 쓰지 않고는 펌프에 물이 우물 바닥으로 떨어진 상태에서는 제아무리 용을 써도 물이 펌프를 통해 나오지를 않는다. 그래서 항상 펌프 옆에는 이 마중물로 사용할 물통과 바가지가 놓여 있었던 것이다.

자 그럼 지수야! 이 마중물에 대해서 생각을 해 보자. 이 마중물이 얼마나 중요한지. 앞에서 설명했듯이 이 마중물이 없으면 더 이상 물을 얻을 수가 없다고 했다. 그리고 이 마중물의 사용량이 한 바가지 또는 두 바가지라고도 했다.

잘 생각해 보자. 한 바가지의 물을 부어 펌프로 물을 길어 올리면 한 바가지 이상 즉 펌프를 저으면 저은 만큼의 많은 물을 얻을 수 있는 것이다. 그리고 이 마중물이 구정물이든 오래된 물이든 붓고 펌프를 저으면 우물 속의 신선한 새 물을 얻을 수가 있는 것이다.

즉, 이 마중물 한 바가지가 많은 양의 물을 얻게도 해주기도 하고, 신선한 새 물을 얻게 해주기도 한다. 그러니 이 얼마나 소중한 물이냐?

지금 지수가 하고 있는 재수 생활을 지수의 생에 있어서 마중물이라고 생각하면 어떨까? 보다 신선한 새 물을 보다 많은 양으로 얻기 위해서 마중물을 붓고 있다고 생각하면 어떨까? 그러면 지금의 재수 생활이 다소 힘들고 고달프더라도 충분히 이겨 낼 힘을 얻을 수 있지 않을까?

이제 채 80일이 안 남은 재수 생활. 좀 더 신선한 물과 더 많은 양의 물을 얻기 위해서 각고의 수고를 아끼지 말자. 지금은 지수가 마중물을 붓고 있는 시기이므로.

9월 3일, 9평 모의고사인 걸로 알고 있다. 어찌 부담이야 안 되겠냐만은 지난번 아빠가 말했듯이 11월 수능으로 가기 위한 관문이므로 차분히 침착하게 대응하도록 해라.

두렵고 떨리거든 여호수아 1장 9절 말씀 "마음을 강하게 하고 담대히 하라. 두려워 말며 놀라지 말라. 네가 어디로 가든지 네 하나님 나 여호와가 함께 하느니라."는 그 말씀 믿고 기도하고 시험에 임해라.

우리 지수 파이팅!

2013년 8월 31일 팔월의 마지막 날에
오늘도 충실하고 열정의 도가니 속에서
열공하고 있을 우리 지수를 생각하며
대구에서 아빠가

마흔 번째 편지

지수야! 아빠다.

지수야! 추석이 지나고 네가 기숙학원으로 들어간 지 벌써 사흘이 지났구나.

너 보내고 토요일 회사에 출근했다가 주일날은 교회를 다녀와서 멍하니 있을 것 같아서, 네 엄마에게 청도에 제피(추어탕 먹을 때 넣어 먹는 가루) 따러 가자 했더니 좋다고 해서 그럴 줄 알았는데, 느닷없이 행거(옷걸이)를 사러 이마트를 가자고 하더라고.

그래서 이마트를 갔지 그랬더니 문을 닫은 거야. 홈플러스를 다시 가자 해서 갔는데 거기도 문을 닫았어. 그러니 이제 코스트코에 가자네. 결국 코스트코도 문 닫았고.

화가 나서 버럭 했더니 청도에 제피 따러 안 간다네. 그런다고 겁먹을 아빠가 아니잖아. 아빠 혼자 청도에 가서 제피를 한 됫박 정도 따 왔거든. 토종밤하고. 그랬더니 사진 찍고 카스에 올리고 하는 것은 네 엄마가 다한다. 참 어처구니가 없어서….

지수야! 오늘 헤아려 보니 네 수능이 정확히 45일 남았더구나. 이제 진짜 몰입을 해야 할 때다. 진짜 좌고우면하지 말고 오로지 한 곳만 바라보고 집중에 집중을 더해야 하는 때이다.

한자 성어에 '中石沒鏃'이란 말이 있다. 중국 한나라 때 이광이란 활 쏘는 실력이 탁월한 장수가 있었는데, 활을 잘 쏘면서도 아무리 적이 가까이 있어도 명중시킬 확신이 없으면 결코 활을 쏘지 않았다고 한다.

그러던 그가 어느 날 사냥을 나갔을 때 풀숲에서 호랑이 한 마리가 숨을 죽이고 웅크리고 있는 것을 보았다. 이광이 활을 꺼낸 후 살을 먹여 온 정신을 집중해서 시위를 당겼다. '팽' 하고 적막을 가르던 화살은 보기 좋게 호랑이 옆구리에 정통으로 박혔다.

그런데 분명히 화살을 맞았는데도 호랑이는 꿈적도 하지 않았다. 대개 호랑이든 뭐든 화살을 맞으면 포효를 하며 달아나든 쓰러져 으르렁거리거나 신음 소리를 내기 마련인데 말이다. 이상

해서 가까이 다가간 이광은 실로 놀라운 광경을 목격했다.

자신이 맞힌 것은 호랑이가 아니라 호랑이를 닮은 큼직한 돌덩이(바위)였다. 활을 쏜 지 수십 년이 되었지만 화살이 돌에 박힌 것은 처음이라, 너무 신기한 나머지 아까보다 가까운 거리에서 힘껏 활시위를 당겨 쐈지만 화살은 "퉁" 하고 튕겨 나왔다.

이광은 이 일로 큰 교훈을 얻고 전투에 임하면서 더욱 신중하고 집중하는 장수가 되어 당대 한나라 최고의 명장이 되었다고 한다.

지수야! 불안하고 초조할수록 순간의 선택이 운명을 좌우하는 것이 불변의 진리이다. 강인한 집중력은 단순히 정신적인 차원을 넘어선다. 이광은 화살을 두 번 쏘았다. 하나는 호랑이인 줄 알고 쏜 화살. 다른 하나는 돌이라는 사실을 알고 쏜 화살이었다. 같은 활과 화살로 쐈는데도 하나는 박혔고 하나는 튕겨 나왔다. 이는 강인한 집중력이 믿을 수 없는 엄청난 파괴력을 지닌다는 것을 보여준다.

평소 산발적으로 흩어져 있던 정신이 한곳에 모이면 산술적 합산 이상의 '괴력'을 발휘하게 된다. 그리고 그 집중력이 진정한 가치를 발휘하려면 순간적인 집중에 그쳐서는 안 된다. 집중을 하려면 "끝까지" 해야 한다.

누구나 역량은 갖추고 있다. 온전한 결실을 맺으려면 끝까지 집중할 줄 알아야 한다. 그래야 영광의 면류관과 승리의 잔을 들 수가 있다.

지수야! 우리 마지막까지 집중하자. 해서 돌덩어리(바위)가 아니라 태산도 뚫어 버리자. 아빠는 강인한 지수의 집중력을 누구보다도 굳게 믿는다.

2013년 9월 23일
대구에서 아빠가

마흔한 번째 편지

지수야! 아빠다.

지수야! 10월에 들어선 지도 3일이 지났구나. 10월 1일은 네 언니 생일이고 국군의 날이라 아빠는 항상 새 식구를 맞는 기분으로 10월을 맞는다. 특히 우리 가족 전부의 생일이 10월 이후로 진웅이 11월, 지수 네가 12월 말이고 또 엄마가 1월 초이니까 10월 이후에는 다달이 생일자가 있는 셈이지. 그리고 아빠도 음력으로 11월이니까 생일이 양력으로는 항상 12월 말에서 1월 초를 왔다 갔다 하고. 그만큼 우리 가족은 10월 이후가 강세란 이야기 겠지.

지수야! '小隙沈舟'란 고사성어가 있다.

작은 틈이 배를 침몰시킨다는 말인데, 중국 주나라 관령 윤

179

희란 사람이 쓴 '관윤자'에 나오는 말로 전체 원문은 "勿輕小事 小隙沈舟 小蟲毒身 勿輕小人 小人賊國 能周小事 然後能成大事 能善小人 然後能契大事."이다.

무슨 말이냐 하면 "작은 일을 가볍게 생각하지 마라. 작은 틈이 배를 침몰시키고 작은 벌레의 독이 몸을 죽인다. 소인이라고 가볍게 여기지 마라. 소인이 나라를 뒤집는 반란을 일으킨다. 작은 일을 주변에서 능하게 하는 사람이 연후에 큰일을 할 수가 있고, 소인을 선하게 하는 사람이 연후에 큰일을 계약할 수 있는 것이다."란 뜻이다.

그러니 지수야. 이 정도야. 이 정도의 시간이야. 오늘은 쉬지 뭐. 이러는 자투리 시간을 아끼고 사용할 줄 알아야 많은 시간을 효과적으로 사용할 줄 알고, 푼돈을 모을 줄 알아야 큰돈도 계획 있게 쓸 수 있는 방법을 안다.

지금의 지수는 일 분 일 초 단 한 가닥의 정신도 모아서 수능이란 곳에 집중해야 된다. 엉뚱한 생각으로 단 일 초의 시간이나 한 줌의 정신도 허비하거나 흩트려서는 안 된다.

정신 바짝 차리고 집중에 집중을 더하여 몰입의 경지에 이르도록 하자.

단 한 순간의 흔들림도 없이. 지수! 파이팅!

2013년 10월 3일 개천절에
대구에서 아빠가

마흔두 번째 편지

지수야! 아빠다.

지수가 왔다 간 지 일주일이 다 되어 가는구나. 이제 20일 후면 지수가 집으로 온다는 마음에 기쁘기도 하지만, 그때까지 네가 짊어지고 네 어깨에 지워진 부담과 무게를 생각하면 왠지 가슴이 먹먹하고 아려 오는구나.

오늘 아침 구미공장을 갔다 오면서 평소와 마찬가지로 동부교회 목사님의 설교를 들으면서 내려오는데 분명 로마서 강해 설교인데 창세기의 한 부분인 아브라함에 대한 인용을 하시더라. 해서 부랴부랴 대구 사무실에 도착하자마자 창세기 12장을 펴 봤지.

그랬더니 거기에 "여호와께서 아브람에게 이르시되 너는 너의 본토 아비집을 떠나 내가 네게 지시한 땅으로 가라. 너로 큰 민족을 이루고 네게 복을 주어 네 이름을 창대케 하리니 너는 복의 근원이 될지라. 너를 축복하는 자에게는 내가 복을 내리고 너를 저주 하는 자에게는 내가 저주하리니 땅의 모든 족속이 너를 인하여 복을 얻을 것이라 하신지라."

지수야! 맞다. 네 할아버지 할머니가 그 옛날 믿음이 무언지 신앙이 무엇인지도 모르던 시기에 글도 모르고, 그 촌에서 농사 일밖에 모르시던 너희 할아버지 할머니를 선택하시어 신앙이란 것을, 믿음이란 것을 우리 집안에 선물로 주신 것은 일찍이 하나님께서 우리 집안을 선택하여 세상 사람들에게 복의 근원이 되게 하시려고 하신 게야.

지금 지수가 집을 떠나서 재수를 하고 있는 것도 하나님께서 특별히 지수를 선택하신 것을 알게 하려고, 집을 떠나서 힘들게 공부와 전투를 하게 하시는 거고.

이스라엘 민족이 미디안 족속에게 위협을 받아 위기에 처했을 때 이스라엘 민족이 저들의 힘으로 미디안 족속을 물리쳤다고 자만하여 죄에 빠질 것을 염려하여, 딱 300명으로 미디안 족속을 물리치게 하여 하나님의 역사하심을 이스라엘 민족이 깨우치게 하신 것과 같이, 지수가 자만에 빠질 것을 하나님께서 미리 염려하시어 하나님께서 지수에게 주신 소명을 지수가 잘 알 수 있게끔 하시고, 모든 일의 성사가 내 힘으로 된 것이 아니고, 하나님의 주재하에 모든 일이 이루어진다는 것을 확실하게 심고 각인시키려고 이러한 길을 선택하신 거야. 그래야 지수의 마음속에 살아계시는 하나님의 계획과 지수가 복의 근원임을 명확하게 자신을 할 수 있을 테니까.

그리고 하나님께서는 분명히 말씀하셨다. "두려워 말라. 나는 너의 방패요. 너의 지극히 큰 상급이니라." 하나님은 우리에게 두려움의 대상이 아니고 우리를 지켜주는 방패이시고, 우리가 항상 탈 수 있는 상장과 상품 같은 선물과 같은 존재이시란 말씀이지.

거기에다 아빠가 제일 좋아하는 여호수아서를 보면 "너희 발바닥으로 밟는 곳을 다 너희에게 주었노니…" 이 말씀은 우리에게 줄 계획인 '줄 것이라'가 아니고 이미 과거에 정해서 '주었노니…'라고 적혀 있다. 이미 하나님께서는 다 정해 두시고 가져가기만을 기다리시고 계신 거야.

근데 우리가 자꾸 믿지 못하고 "될까?", "되겠나?" 하고 의심을 하고 불신을 하면 하나님께서 화가 나실까? 안 나실까?

하나님께서는 지수에게 무궁무진하고도 엄청난 계획을 가지시고 지수에게 시험을 주고 계시는 거야. 이 시험 잘 치러 내고 역시 지수가 복의 근원임을 확인시켜 주는 거야. 알았지?

자! 그럼 차분히 마지막 정리와 준비 잘하고. 복의 근원 파이팅!

2013년 10월 17일
대구에서 아빠가

마흔세 번째 편지

지수야! 아빠다.

지수야!

이제 시험이 겨우 10일 정도밖에 안 남았네. 어제 지수는 티를 안 내려고 했지만 시험을 앞둔 네 마음을 모르는 것도 아니고, 힘들어 하고 두려워하며 마음 졸이고 있는 너를 보고 기도는 해 주고 왔다만, 내심 네가 안쓰러워 아버지로서 뭔가 확실하게 격려를 할 말이 없을까? 여러 가지로 고민을 해 봤다.

무슨 내용으로 편지를 써 줘야 우리 지수가 자신감을 가지고 담대하게 시험에 임하고 긴장하지 않고 차분히 실력을 발휘할 수 있을까? 아빠가 좋아하는 성경 말씀 중 여호수아서는 네게 써먹은 수가 하도 많아 식상할 거고. 그래도 이책 저책 여기저기 뒤져 봐도 성경 말씀만 한 게 없더구나.

마태복음의 "구하라 그러면 너희에게 주실 것이요. 찾으라 그러면 찾을 것이요. 문을 두드리라 그러면 너희에게 열릴 것이니…" 이 말씀도 이럴 때 많이 인용하는 성구이기도 하다.

그러나 아빠는 오늘 지수에게 요한복음에 있는 이 말씀을 전해주고 싶다. "너희가 나를 택한 것이 아니요. 내가 너희를 택하여 세웠나니 이는 너희로 가서 과실을 맺게 하고 또 너희 과실이 항상 있게 하여 내 이름으로 아버지께 무엇을 구하든지 다 받게 하려 함이니라."

지수야! 우리는 어떤 일이 닥치면 자기가 자기의 주체가 되는 줄 알고, 모든 세상의 두려움과 스트레스 또 모든 갈등과 역경을 다 해결해야 하고 풀어야 되는 양 안절부절하고, 이리저리 흔들려 불안과 염려만이 마음을 한가득 채우게 되는데, 사실은 그럴 필요가 없단 것이야. 말씀대로 이미 예수님께서 우리를 선택하셨고 또 세우셨다는 이야기지.

지난번 편지에서도 이야기했지만 말씀에 의거하면 "택하여 세울 것이라"의 미래형이 아니고 이미 "택하여 세웠나니"의 과거형이란 이야기지. 그러니 이미 "예전에 택해서 세워놨다는 하나님의 확언"이란 이야기야.

택해 둔 이유는 "너희로 가서 과실을 맺게 하고 또 너희 과실이 항상 있게 하여 내 이름으로 아버지께 무엇을 구하든지 다 받게 하려 함이다." 이런 말씀이야.

즉 이는 지수야! 너는 이미 예수님께서 네 갈 길을 미리부터 의사로 택하여 세우셨고, 택한 이유는 지수 네가 의사로서 네 소명(의료선교 등)을 다하여 예수님 보시기에 아름다운 과실을 맺고, 또 그러한 과실이 항상 있게 하여 예수님 이름으로 하나님께 무엇을 구하면 다 지수가 받게 하려는 것이다라고 해석을 할 수가 있다.

그러니 지수야! 절대 불안해하거나 염려하지 마라. 이미 예수님께서 택하여 세워주신 거고, 또 아빠가 좋아하는 여호수아서의 말씀처럼 "마음을 강하게 하고 담대히 하라. 두려워 말며 놀라지 말라. 네가 어디로 가든지 네 하나님 나 여호와가 너와 함께 하느니라." 지수 네가 어디로 가든지 여호와 하나님께서 같이 하시기로 한 이상 절대 두려워하고 놀랄 필요가 없다. 그럴수록 더욱더 마음을 강하게 먹고 담대하게 가는 거야.

염려와 두려움 그리고 불안감은 다 땅바닥에 내동댕이치고 힘차게 나아가는 거야. 그리고 지수는 "택하여 세움을 받은 사람"이란 자긍심과 자부심을 가지고 자신 있게 시험에 당당하게 임하는 거야.

자! "택하여 세움을 받은 우리 지수!" 파이팅!

2013년 10월 28일
대구에서 아빠가

마흔네 번째 편지

지수야! 아빠다.

지수야.

오늘 사무실에서 묵상을 하다가 성경의 창세기를 펴니 여호와 하나님께서 아브라함을 갈대아 우르를 떠나 하란에서 가나안으로 오게 하신 후, 여호와 하나님께서 아브라함에게 비젼을 제시해 주시는데 그 내용이 "너는 눈을 들어 너 있는 곳에서 동서남북을 바라보라. 보이는 땅을 내가 너와 네 자손에게 주리니 영원히 이르리라. (중략) 너는 일어나 그 땅을 종과 횡으로 행하여 보라. 그것을 네게 주리라."이다. 여호와 하나님께서는 아브라함을 그의 본토 애비 집을 떠나오게 할 때에는 크신 계획이 있으셨던 거야.

먼저 복의 근원이 되게 하시었고, 또 눈을 들어 동서남북 사방을 둘러보게 해서 그 눈에 보이는 땅은 전부 아브라함과 그 자손에게 기업으로 주되, 일순간 주는 게 아니고 영원히 주겠다는 약속을 하시는 거야.

그러나 그냥 주는 게 아니라 하나님께서는 아브라함에게 "일어나 그 땅을 종과 횡으로 행하여 보라." 하셨다. 이는 주되 행함이 있어야 하고 그 행한 것을 주겠다고 하셨다.

지수는 아빠와 엄마를 떠나 1년 가까이를 의대를 가기 위해서 최선을 다했고, 열정을 다해 공부에 임했기에 이제 며칠 후면 이를 확인할 시험을 치를 것이다. 이제 지수는 일어나서 시험을 치기만 하면 하나님께서 주겠다고 하신 영광의 열매를 한가득 가질 수 있는 것이다.

'할 수 있을까?' 하는 의심은 하지 마라. 예수님께서는 "할 수 있거든이 무슨 말이냐? 믿는 자에게는 능치 못한 일이 없느니라." 하셨다. 자신감과 자긍심 그리고 자부심으로 똘똘 뭉쳐 당당히 임해라. 추호도 흔들리거나 두려워하지 마라. 지수 뒤에는 만군의 여호와 하나님이 계시니까.

그리고 그날은 네 친할머니의 기일이기도 하니까 네 할머니께서도 여느 때보다 더 하늘에서 네가 두려워하거나 힘들어하고 떨지 않게 네 마음을 따뜻이 보듬어 주실 거야.

또 아빠도 대구에서 뜨거운 기도로 네게 응원을 보낼 거고. 그러니 마음 푹 놓고 편안하게 시험을 치르고 나오면 되는 거야. 알았지.

지수 파이팅!

2013년 10월 31일(시월의 마지막 날)
대구에서 아빠가

마흔다섯 번째 편지

지수야! 아빠다.

지수야! 토요일. 일요일 주말에 계속 네가 전화를 했는데도 전화를 못 받았구나. 네 엄마가 네가 불안해하며 아빠 목소리를 듣고 싶어 하더라는 말을 전해 듣고도….

그러나 지수야. 불안해할 필요 없다. 성경의 출애굽기에 보면 모세가 9가지 기적을 애굽 왕 바로 앞에서 행한 후에도 바로가 강퍅하여 이스라엘 민족을 보내주지 않자, 마지막에는 결국 각 애굽 집안의 장자가 죽고 난 뒤에 즉 바로의 장자가 죽고 난 뒤에서야 이스라엘 민족을 노예 생활에서 해방을 시켜준다. 그리고 이스라엘 만족은 여호와 하나님께서 주시겠다고 한 약속의 땅, 가나안 땅을 향하여 대이동을 하는 거지.

생각해 봐라. 장정이 60만이라 했으니 여자와 아이 그리고 노인들을 포함하면 약 200만~250만 명 정도 되는 인원이 광야를 이동한다고. 지금처럼 차가 있는 것도 아니고 또 그 사람들이 군대처럼 일사불란한 사람들도 아닐 거고, 일부는 기르던 가축까지 데리고 왔다고 하니 그야말로 오합지졸 중에도 상 오합지졸일 거고, 통제는 통제대로 안 되는 그야말로 이게 말이 대이동이지 이건 엉망진창이고 한마디로 개판이었을 거야.

좌우간 이런 민족을 이끌고 모세가 애굽을 떠났는데… 시간이 지나 애굽 왕 바로가 가만히 생각하니 자기가 바보짓을 했거든. 잘 부려먹던 노예를 다 풀어줬으니 앞으로는 부릴 노예가 없잖아.

그래서 애굽의 전군에 징발령을 내려 최신식 특별 전차 600승하고 그 외 병차란 병차와 군대를 동원하여 이스라엘 민족을 다시 잡으러 가는 거야.

한쪽은 오합지졸에 속도를 낼 수 없는 상태고 한쪽은 말과 병차로 무장된 군인이라면 따라 잡히는 건 금방이겠지. 이스라엘 민족으로서는 대위기일 수밖에 없는 상황이지. 뒤에서는 애굽 군대가 벌떼처럼 잡으러 오지. 앞은 홍해 바다가 앞을 가로막고 있지. 거의 패닉 상태이었을 거야.

이러한 상황에서의 성서 말씀이다. "바로가 가까워져 올 때 이스라엘 자손이 눈을 들어본즉 애굽 사람들이 자기 뒤에 미친 지라. 이스라엘 자손이 심히 두려워하여 여호와께 부르짖고 또 모세에게 이르되 '애굽에 매장지가 없으므로 당신이 우리를 이 끌어 내어 이 광야에서 죽게 하느뇨. 어찌하여 당신이 우리를 애 굽에서 이끌어 내어 이같이 우리에게 하느뇨. 우리가 애굽에서 당신에게 고한 말이 이것이 아니뇨. 이르기를 우리를 버려두라. 우리가 애굽 사람을 섬기리라. 하지 아니하더뇨. 애굽 사람을 섬 기는 것이 광야에서 죽는 것보다 낫겠노라.' 모세가 백성에게 이 르되 '너희는 두려워 말고 가만히 서서 여호와께서 오늘날 너희 를 위하여 행하시는 구원을 보라. 너희가 오늘 본 애굽 사람을 또 다시는 영원히 보지 못하리라. 여호와께서 너희를 위하여 싸 우시리니 너희는 가만히 있을지니라.'

여호와께서 모세에게 이르시되 '너는 어찌하여 내게 부르짖 느뇨. 이스라엘 자손을 명하여 앞으로 나가게 하고 지팡이를 들 고 손을 바다 위로 내밀어 그것으로 갈라지게 하라. 이스라엘 자 손이 바다 가운데 육지로 행하리라.'"

봐라. 지수야. 이스라엘 민족은 하나님의 권능을 즉 10가지나 되는 기적을 보고도 믿지를 못해 애굽에서 노예 생활을 벗어나게 해준 모세를 원망하고 부르짖었다고 한다.

이때 모세는 성서의 말씀처럼 "너희는 두려워 말고 가만히 서서 여호와께서 너희를 위하여 행하시는 구원을 보라. (중략) 여호와께서 너희를 위하여 싸우시리니 너희는 가만히 있을지니라." 라고 하였다.

그리고 여호와 하나님께서는 "이스라엘 자손을 명하여 앞으로 나가게 하고 (중략) 이스라엘 자손이 바다 가운데 육지로 행하리라." 하셨다.

지수야. 모든 걸 하나님께 맡기고 지수는 이스라엘 자손처럼 앞으로 나아가면 되는 거야. 그러면 여호와 하나님께서 너를 위하여 싸우시고 너를 바다 가운데서도 육지를 걸어갈 수 있도록 하나님께서는 만반의 준비를 하고 계신다.

그러니 두려워하지도 말고 염려할 것도 없다. 만군의 하나님 여호와께서 너를 위하여 싸워주실 것이고 너와 함께 하실 것이므로.

알았지. 최지수! 앞만 생각하고 앞으로 차분히 나가는 거야.

여호와 하나님께서 지수와 함께 하심을 믿고.

2013년 11월 4일
대구에서 아빠가

마흔여섯 번째 편지

지수야! 아빠다.

"여호와의 종 모세가 죽은 후에 여호와께서 모세의 시종 눈의 아들 여호수아에게 일러 가라사대 내 종 모세가 죽었으니 이제 너는 이 모든 백성으로 더불어 일어나 이 요단을 건너 내가 그들 곧 이스라엘 자손에게 주는 땅으로 가라. 내가 모세에게 말한 바와 같이 무릇 너희 발바닥으로 밟는 곳은 내가 다 너희에게 주었노니 곧 광야와 이 레바논에서부터 큰 하수 유브라데에 이르는 헷 족속의 온 땅과 또 해 지는 편 대해까지 너희 지경이 되리라. 너의 평생에 너를 능히 당할 자 없으리니 내가 모세와 함께 있던 것 같이 너와 함께 있을 것임이라.

마음을 강하게 하라. 담대히 하라. 너는 이 백성으로 내가 그

조상에게 맹세하여 주리라 한 땅을 얻게 하리라. 오직 너는 마음을 강하게 하고 극히 담대히 하여 나의 종 모세가 네게 명한 율법을 다 지켜 행하고 좌로나 우로나 치우치지 말라. 그리하면 어디로 가든지 형통하리니 이 율법책을 네 입에서 떠나지 말게 하며 주야로 묵상하여 그 가운데 기록한 대로 다 지켜 행하라. 그리하면 네 길이 평탄하게 될 것이라. 네가 형통하리라. 내가 네게 명한 것이 아니냐. 마음을 강하게 하고 담대히 하라. 두려워 말며 놀라지 말라. 네가 어디로 가든지 네 하나님 나 여호와가 너와 함께 하느니라 하시니라."

내 딸 최지수! 당당하게! 시험 잘 쳐라. 파이팅!

2013년 11월 5일
대구에서 아빠가